DARIA BUNKO

生徒に求愛されてます♥

高月まつり

ILLUSTRATION　こうじま奈月

ILLUSTRATION
こうじま奈月

CONTENTS

生徒に求愛されてます♥ 9
あとがき 218

この作品はフィクションです。

実在の人物・団体・事件などに一切関係ありません。

生徒に求愛されてます♥

九月の上旬と言えばまだ残暑にうんざりしている時期だが、ここはもうすっかり秋の空気を纏《まと》っていて、夜などすっぽり布団を掛けなければ寒いくらい。

けれど時折、ベッドの中に残暑がぶり返す。

「ねえ、先生。もっと大きな声を聞かせてよ」

薄暗い部屋。

掛け布団に潜り込んだまま、瀬野《せの》は、自分の下で声を殺している恋人の耳に唇を寄せて甘く囁《ささや》いた。

高校の入学式。

教室で出会って恋に落ちた。一目惚《ぼ》れなんてこれっぽっちも信じていなかったので、何の防御もないまま、心臓に恋の矢が突き刺さった。おそらくあれは弩弓《どきゅう》の矢だ。

『君たちの担任の鈴原聡太郎《すずはらそうたろう》だ。これから一年間よろしく頼む』

あのときの爽《さわ》やかな笑顔は一生忘れられない。

相手が男だろうが教師だろうが年上だろうが、そんなことは愛の前には関係なかった。

瀬野は、自分はもっと常識的で周りを気にするタイプだと思っていた。いや、事実そうだ。

モデルの仕事をしていることもあって、人の目は常に気にしていた。

なのに、鈴原が現れた途端にすべてが吹っ飛んだ。

どうしようヤバイ。人として愛《いと》しい。見つめているだけで、感動で涙が出そうになる。

鈴原の笑顔や仕草が体に染みこんでいく。

細胞レベルで一目惚れとは、こういうことなのかと理解した。

こんな素晴らしい出会いは生涯に何度も来るものではない。というか、「次」があるとして、それって一体何年後だよと思った次の瞬間、瀬野は決めた。

この出会いに賭ける、と。

何もせずに卒業したら、自分は鈴原の思い出になる。「ああ、こんなイケメンの生徒がいたなあ」という思い出だけで終わってしまう。

思い出は大事だ。けれど瀬野は、鈴原の思い出にはなりたくなかった。なんといっても細胞レベルで恋をしてしまったのだ。理性ではなく本能で、いや理性もだが、鈴原を欲した。

彼がなりたいのは「鈴原の恋人」だった。

「あとさ、唇を噛《か》むのもやめて。痕《あと》が残るよ」

筋張った長い指で、恋人の唇にそっと触れる。

「こうでもしないと……声を出してしまうから……」

「だからね？　俺は先生の声が聞きたいんだよ。授業中とは違う声をさ」

「だめだ……っ」

「そんなこと言わないでさ。俺たちは恋人同士なんだから、恥ずかしい声出してもいいんだよ？　ね？　先生……」

はあはあと荒い息を吐きながら上下する恋人の胸に、そっと掌《てのひら》を乗せ、ゆるゆると撫《な》で回してみた。

自分の愛撫《あいぶ》に、体が素直に反応してくれるのは嬉《うれ》しいが、口から出る言葉は素直とは正反対だった。それがちょっと悔しい。

「俺が年下だから、素直になってくれないの？　先生」

「違う……っ、お前が、俺のことを……『先生』なんて言うから……っ」

「だって先生が先生なのは当然のことだし」

「ばかやろうが。……こういうときぐらい、ちゃんと名前で呼べよ」

修弥《しゅうや》の心臓が、またしても愛の矢で射貫《いぬ》かれた。

今までこの恋人に数え切れないほど愛の矢で射貫かれてきたが、今回の矢は特別太くて威力が凄《すご》かった。

愛で人は死ねるのだなと、そんなことを思ったぐらいだ。

「名前、呼んでほしいの？　いいよ？　いくらでも呼んであげる……聡太郎……」

聡太郎は嬉しそうに目を細め、修弥の名を呼んで……――。

「……というわけで、おい瀬野！　目を開けたまま寝るな！」

「へ？　は？　……あれっ？」

なんで名字？　俺の名前をエロい声で言ってくれるんじゃないのかよ……。

瀬野修弥はパチパチと何度か瞬《まばた》きをして、自分を「瀬野」と呼び捨てた相手を見つめた。

さっきまでベッドの中で喘《あえ》いでいた男・鈴原聡太郎は、今はスーツを着て右手にチョークを持っている。

セットの簡単な短髪が、凛々《りり》しい顔によく似合っている。ちょっとつり上がり気味の瞳は、笑うと糸のように細くなるので、生徒たちに密《ひそ》かに「可愛《かわい》い」と言われている。チャコールグレーのスーツは「教師の制服」とばかりにシンプルなデザインだが、シンプル故にスタイルのよさがよく分かった。

ああほんと、いつ見ても可愛い。俺の永遠の恋人。

瀬野はうっとりと鈴原を見つめていたが……。

「あれ？　スーツ着てる……なんで？」

「スーツが教師の『制服』だからだ。まだ寝ぼけてるのか？　瀬野。いくらお前がモデルの仕事をしているからといっても、俺は特別扱いはしないぞ」

困った顔をして眉を下げるのも可愛い。

けれど「特別扱いしない」と言われるのは辛《つら》かった。好きな相手には、いつでもどこでも特別扱いをしてもらいたい。

さっきまでの甘いひとときが自分の妄想で、たとえそれが今のところ片思いであっても、だ。

「はい、分かってます鈴原先生。ごめんなさい」

だがここは教室。瀬野は素直に席を立ち、教師に向かって深々と頭を下げた。

「反省してるならいい。じゃあ、五十二ページの六行目から章が終わるまで読んで」

「はい」

瀬野は教科書を持ち上げて、素直に指定されたページを読んだ。


瀬野は、中学三年生でスカウトされてから、モデルという名の芸能活動をしていて、高校三年生の今ではすっかり有名人になっている。

少し癖の入った茶色の髪は地毛で、目の色も茶色。これは父親からの遺伝で、カラーリングもコンタクトレンズもしていない。それは家族写真を見れば一発で分かるのだが、要は瀬野は父の若い頃によく似ていて、鼻筋の通ったいわゆる「イケメン」だ。

二人いる姉曰《いわ》く「お父さんの顔を若くすると、しゅうちゃんになる」とのことらしい。

とにかくこの顔のお陰で、今まで損をするよりも得をすることの方が多かったので、ありがたく「使わせて」もらっている。

主に雑誌で活躍しているが、最近は雑誌社主催でネットの動画配信なども行っている。仲のいいモデルたちと一時間、テーマに添って楽しく話しているだけだが、ファンにはたまらないコンテンツらしい。

つい先週も、「是非に」と乞《こ》われ、都心の大きな会場でファッションショーのモデルをやって、それがアーカイブ配信された。人気は上々のようだ。

「……失敗した。せっかくスズセンの授業だったのに、声を聞いた途端に俺の心は妄想の海に投げ出された。俺を現実に引き戻してくれたのもスズセンだけど……。昼メシ、全部食えるかな。食欲ない……」

教諭の鈴原聡太郎を「スズセン」と呼んだ瀬野は、渋い表情で「授業に集中できてないって嫌われたらどうしよう」と言ってため息をつく。

食欲が湧《わ》かないと言っているわりには、瀬野の目の前には「本日の日替わり定食大盛り」が置かれていた。ちなみに本日の日替わり定食は、照り焼きチキンとナポリタンサラダ、そしてジャガイモとワカメの味噌汁だ。まだまだ育ち盛りの高校三年生、ダイエットをしなくても勝手にカロリーは燃焼されて常に「腹減った」の状態が続いている。たとえ落ち込んでいても。

「いつになったら恋人同士になれるんだよ……」

昼休みの学食で話すことではないのだが、ストレスを溜《た》めていたくない瀬野はつい愚痴《ぐち》を口にする。

「その程度で嫌われるなら、一年のときにもう嫌われてるって。それとも、また告白でもした？　告白っていうのは、思いついたときにすればいいってものじゃないんだ。それをちゃんと理解しておかないと。入れ食いのイケメンは、そういうところが弱い」

瀬野の向かいに腰を下ろして冷静に言うのは、和久井幸敬《わくいゆきたか》。瀬野の大切な友人の一人にして、寮のルームメイトでもある。

彼は好物の「天ぷら蕎麦《そば》といなり寿司の山桜《さんおう》セット」を前にして、癖のない、少し長めの前髪をそっと掻《か》き上げてヘアピンで留めた。

「わっくんさ、俺があげたヘアピン使ってくんないの？　せっかく選んだのに」

和久井の横に座っているのが吉竹将登《よしたけまさと》で、動物に喩《たと》えるなら柴犬《しばいぬ》っぽい可愛らしさを持っている。彼も瀬野の大事な友人だ。

瀬野は、この二人にだけは自分の恋について赤裸々に語った。

入寮したときの妙な縁がきっかけで、ここまでの間柄になった。

吉竹は「まあそういう出会いもあるよね」と笑い、和久井は「カップリングの組み合わせは、いろいろあるものだ」と言い、引きもせずに瀬野を叱咤激励《しったげきれい》してくれる。

「ハートのビーズが付いてるヘアピンを学校で使うにはハードルが高すぎる。今度遊びに行くときに使うよ……」

涼やかな切れ長の目で傍《かたわ》らの友人を見つめながら、和久井は困った顔で笑う。

「そっか。一緒に遊びに行こうな？　あと、瀬野もな？」

笑顔の吉竹の前には、大盛りカレーライスと、味噌汁代わりのコロッケ蕎麦。

「お前らは本当に……いい奴だな。俺もいつまでも落ち込んでいるわけにはいかない。まずは飯を食ってから考える」

和久井と吉竹は「それがいい」と言って、昼食を食べ始める。

そこへ「ここ、空いてるか？」と、トレイを持った鈴原が現れた。

うわ！　本人が来たよ！

瀬野は心の中で「嬉しい」と黄色い悲鳴を上げつつ、穏やかな表情で「どうぞ、空いてます」と仕事張りの勝負笑顔を浮かべた。

「お前ら、いつも同じ場所でメシ食ってるよな」

鈴原の昼食は、瀬野と同じ「本日の日替わり定食大盛り」だった。

「三年はここらへんって決まってるみたいです。でも、教師の席も大体決まってますよね？」

そう言って「教師の席」に顔を向けると、すでに教職員でいっぱいになっていた。

「遅れてくると座る場所がなくなるんだよな」

「でも先生。俺たちと一緒にご飯食べられるじゃん？」

愛想のいい吉竹の言葉に、鈴原が笑顔になる。

瀬野は心の中で「たけちゃんグッジョブ！」と両手の親指を上げた。

だが、鈴原が「よしよし。お前は可愛いなあ、吉竹」と彼の頭を撫でたので、すぐに心の中がツンドラ地帯になった。

何だよそれ、あり得ない。俺だってそうそう頭を撫でてもらえないのに。羨《うらや》ましいを通り越して恨めしい！　ああでも、こんなことで友情が破壊されるのはもっと困る……！

察した和久井がテーブルの下で瀬野の足を蹴《け》ってくれたお陰で、瀬野はようやく我に返った。

「先生、先生。俺も可愛いですよ。三年間も担任でいてくれてありがとうございます～。俺の頭も撫でていいですよ？　サラサラで触り心地最高」

「え？　何でお前の頭まで撫でるんだよ。ほらほら、冷める前に早く食べよう」

思いきり決めの笑顔で、しかも小首まで傾《かし》げて見せたのに、鈴原は渋い表情を浮かべて箸《はし》を持つ。

「今の俺……可愛くなかったのか……。カメラマンは凄く喜んでくれたのに……」

「え？　可愛かったよ？　瀬野。雑誌に載ってるときと同じ顔してた。完璧」

「俺もそう思う」

吉竹と和久井が褒《ほ》めてくれても、鈴原が褒めてくれなければ意味がない。瀬野は再び鈴原を見つめ、「せんせえ～」と甘ったれた声を出す。

これが女子なら「瀬野君可愛い」とキャーキャー言ってくれるが、如何《いかん》せんここは男子校。

周りで昼食を食べていた三年生たちは「これだからイケメンは」「瀬野ウザイ」と容赦がない。

「先生のせいで……俺は同級生になじられた」

「なんで俺のせいだよ。ったくお前は、そういう変なところでいじける癖は、一年のときから変わってないよな」

鈴原はそう言って、困った顔で笑いながら瀬野の頭を乱暴に撫で回した。

瀬野は嬉しさのあまり一瞬死んで、臨死体験をする間もなく即座に生き返った。


私立山桜高等学校は、山中にある寮制の男子高で、有名進学校でもある。

ちなみに生徒や近隣の人々からは「さんおー」という愛称がついている。

一応は都下だが、学校から麓《ふもと》まではシャトルバスで二十分かかるし、生徒たちは「万が一」のことを考えた学校側から熊よけの鈴を配付されている。

生徒の半分は寮生で、職員の一部と教諭の一部も生徒寮に併設されている「職員寮」で暮らしていた。

普通なら、流行に敏感でいたたい、彼女がほしい年頃の彼らがなぜこんな緑が豊かすぎる山奥の学校に？　と疑問に思われるだろうが、それはもう「ここでしか学べないことがあるから」

「この学校をリサーチして決めた」としか返事のしようがない。

あと、白ワイシャツ、紺のネクタイ、胸に学校のエンブレムが刺繍《ししゅう》されたブラックウォッチの二つボタンブレザーにグレーのスラックスという、トラッドな制服が密かに人気だった。

生徒の自主性を重んじた指導と、教科書に頼らないカリキュラムは、創立当初はずいぶんと穿《うが》った目で見られたそうだが、卒業生たちの殆《ほとん》どが国内外の有名大学に進学し、かつ、各方面で活躍していると話題になってから、世間の見る目が変わった。

事実この高校の卒業生には、政治家、経営者、研究者、芸術家が名を連ねている。


放課後の教室には、生徒は殆ど残っていない。

みな「時間が勿体《もったい》ない」とばかりに、引退していない者は部活、そうでない者は大体自習室に行ってしまう。

だからこの三年五組の教室も、今は瀬野、和久井、吉竹の三人しかいない。

「わっくん、今日の天気は？　今日は部活できそう？　今日の俺は無敵だから、山の向こうまで散歩できそう」

学食で鈴原に頭を撫でてもらった瀬野は、浮かれた勢いのまま午後の授業をこなし、今は教科書やノートをカバンに詰め込みながら和久井に問いかける。

和久井はというと、瀬野を生温かい目で見つめてから携帯電話で天気予報を確認して「問題ないよ。行ける」と言った。

「だったら、スズセンを呼びに行かなくちゃ。『散歩部』の顧問だし」

吉竹は両手で鞄《かばん》を抱き締めて「秋の味覚もあるかな」と、瞳を輝かせる。

「そんなことを言って、また毒茸《どくきのこ》を取ってくる気かよ。去年は食べる前に見つけて事なきを得たけど、今年も同じことをやったら、下手《へた》したら退学だぞ？　たけちゃん」

「うう……それは言わない約束……。もう二度と、テングタケは取りません」

瀬野に突っ込みを入れられた吉竹は、両手を合わせて「怖い怖い」と言った。

「そうそう。赤くなくてもテングタケは恐ろしい。……あと、時期的にイノシシ」

和久井はそう言ってから「ウリ坊は泣けるほど可愛いんだけど」と付け足す。

その通りだと、瀬野と吉竹は深く頷《うなず》いた。

「さてと、さっさと寮に戻って着替えて、スズセンを呼びに行こう」

いつまでも教室にいても仕方がない。

瀬野は席を立ってカバンを小脇に抱える。

「それもそうだ」

「なあなあ瀬野ぉ～。俺、腹減ったから、非常食だけでなく行動食も持ってっていい？」

のんびり立ち上がった和久井の横で、吉竹が「寮の購買でおにぎり買う」と宣言した。

「腹減って動けなくなる方が怖いからいいぞ。ただ、食べすぎるなよ？　横っ腹が痛くなる」

「はーい！　よし！　寮に戻るぞ！」

元気のいい返事をして、吉竹が教室から駆け出す。

そのあとを「廊下は駆けるな～」と和久井が続く。

最後に教室から出たのは瀬野だ。

この教室とも、あと半年ぐらいでお別れか……。その前に、スズセンと恋人同士になりたい。というか、聡太郎って呼び捨てにしたい。学校のトイレや体育用具室でエロいことしたい……。

途中までは感慨深く教室を見ていたのに、気がついたら頭の中はエロでいっぱいだ。

仕方がないだろ男子高校生なんだから。俺は思春期だし。

瀬野は心の中で自分に言い訳をしてから、友人たちを追いかけた。


散歩部の部員は、瀬野と和久井、そして吉竹の三人しかいない。

もともと瀬野が「体力は付けたいけど運動部には入りたくない」と言って、寮の同じ部屋になったばかりの和久井を誘ったことから始まった。三十分後には、隣の部屋の吉竹が仲間になった。それ以上人が集まらなかったのは、「散歩部」という名前のせいだろう。散歩とは言っても、山桜高校の周りは山なのでトレッキングか軽登山と言った方が正しいが、瀬野は「黙々と歩いて足腰を鍛えるだけだから散歩」と譲らなかった。

たった三人で部を発足させることは可能なのだろうかと思ったが、当時の三年の先輩寮生たちが「うちの盆栽部は二人だぞ」「映画批評部は四人だっけ？」「フィギュア原型部は三人」と、名前を聞くだけで少数精鋭の部を語り出したので勇気が出た。

部の申請は何名でもいいらしく、大事なのは、なぜその部を発足させたいのか、それによって何を得られるのかとどう成長できるのかということだった。とにかく三人は、申請書類を前にして「健康と友情を育《はぐく》むことができる」という文章をひねり出すことに成功した。

瀬野は、顧問を鈴原にお願いした。邪《よこしま》な気持ちがいっぱいあったからだ。

そして鈴原はといえば、初めて自分が担任したクラスの生徒に「お願いします」と言われたのが嬉しくて、二つ返事で引き受けた。

散歩部は、瀬野たちが三年になっても三人のままで、きっと来年は廃部になるだろう。

顧問の鈴原が他の生徒を指導しなくてすむので、瀬野は少しホッとしている。

「……今年の文化祭、どうする？　散歩部は参加する？　三年は自由参加だろ？」

化繊素材でできた黒の長袖Tシャツを着ながら、瀬野はパーティションの向こうにいる同室の和久井に尋《たず》ねた。

寮は二人部屋で、八畳近くある部屋のドアは一つだが、そこそこのプライバシーも保てるようにと、部屋の真ん中はパーティションで仕切られている。寮生たちはその不安定な場所にカラーボックスを置いて固定し、本棚や収納場所を作っていた。

「三年なんだから、参加はせずに楽しむことに徹しよう。それに去年のイベントみたいに、参加者が勝手に歩き回って捜索隊を出すのは嫌だ」

和久井の声は、心底うんざりしていた。

「あー……、あれはほんと、途中でイノシシも出て散々だったな。よし、今年は楽しむことにしよう！」

壁際に備え付けてあるベッドの上には、手袋と帽子、ヘッドライトが転がっている。玄関脇の下駄箱にはトレッキングシューズも用意してある。「山中を散歩」する「散歩部」にとって、どれも必需品だ。

鈴原には「登山……部？」と首を傾げられたことがあったが、「散歩部です」と返した。

スポーツタイツを穿《は》いて、その上からハーフパンツと靴下を穿く。小さいリュックに高カロリーのスナック菓子やゼリー飲料を非常食として入れた。

「瀬野～、ヘッドライトどうする？　やっぱり持って行く？」

「一応持って行く。往路はともかく、復路に使いそうだ」

「りょうかーい！」

パーティションの向こうから暢気《のんき》な声が聞こえた。

時計に、携帯電話。充電器。タオルに、地図とコンパス。とりあえず必要なものはすべてリュックに突っ込んで、最後にゴアテックスのアウターを羽織る。

「そろそろ行くぞ」と言おうとしたら、ノックもせずに玄関のドアが開いた。吉竹だ。

「みんな遅いっ！　ほら、さっさと行くぞ！」


今日は気候もいいし気温も爽やかだ。

きっと気持ちのいい散歩ができるだろうと思いながら、鈴原は教員用のロッカールームでスーツを脱いで運動着に着替える。だがジャケットをハンガーにかけたところでため息をついた。

「……やっぱり、着替えは寮にしておけばよかった」

ワイシャツの下にはアンダーウェアを着ているのだが、問題はその下。

ずっと付けっぱなしでかぶれるのが嫌なんだけど……交換中に誰かが来たら身の破滅だ。

鈴原は真顔でそう思うと、小さく頷いてトイレに向かう。

職員トイレの個室に落ち着き、そこでアンダーウェアを脱いだ。

均整の取れた裸体……だけでは済まない違和感は、胸にある。丁度乳首の位置に絆創膏《ばんそうこう》を貼っているのだ。

鈴原はじわりと頬を染めて、慎重に一枚ずつ絆創膏を剥《は》がす。

「……ふっ」

声が出てしまうのは、粘着テープ部分が剥がれなくて痛いからではない。どうしようもないほど自己嫌悪してしまうが、気持ちがいいからだ。

「くっそ……っ」

絆創膏はあと一枚、左の乳首を覆《おお》っている。

こうなると分かっていたら、絶対に乳首を触らせたりしなかったのに……と、高校生の頃に付き合っていた同級生を思い出す。

ほんの数ヶ月だけだったが、隣のクラスの男子と付き合っていた。自分の恋愛対象が同性だとようやく気づいたばかりだった鈴原は、よく分からなくて何もかもを彼に任せていた。

挿入行為がなかった代わりに、延々と乳首を弄《いじ》られた。キスもごくまれにしかしなかった。

とにかく彼は、暇さえあれば鈴原の乳首を愛撫し続けた。

今思うと、彼は乳首フェチだったのだろう。

だがそのせいで、鈴原は乳首が大変敏感になり、自慰《じい》のときに陰茎《いんけい》を扱《しご》くだけでなく乳首も弄らないと快感を得られない。

「ああもう……」

ちょっと外気に触れただけで、もう硬く勃《た》ってる……。

勃っているのはそこだけではなく、鈴原はしかめっ面でスラックスのファスナーを下ろし、下着の中から半勃ちした陰茎を出した。

治まるのを待つよりさっさと出してしまった方が楽だと、今までの経験から知っている。散歩部の連中が呼びに来る前に、何もかも済ませてしまいたい。

左の乳首を覆っていた絆創膏を外して、小さく息を吐く。

自分が同性にしか興味がないということはずっと隠してきた。大学進学で将来について考えたとき、教師になろうと決めてからは、それこそ鉄壁の勢いで隠し通した。

だからといって恋をしなかったわけではない。片思いなら誰にも迷惑はかけないのだからと、自分の好きなタイプの同性に片思いし続けた。大学には、「キラキラとした分かりやすい美形。ちょっと可愛らしいところがあると最高。ただ細いだけじゃなくて筋肉がついていて、背はできれば百七十九センチの自分より上」という鈴原の好みど真ん中の学生も多く揃《そろ》っていてとても楽しかった。ただ、鈴原の周りにいた「分かりやすい美形」は、性格があまりよくない者が多く、酷《ひど》い噂《うわさ》を聞くたびに一人で勝手に片思いを終了させた。ちょっと悲しかったが仕方がない。性格のいい美形はフィクションにしか存在しないのかとため息をつきつつも、きっとどこかにいるはずだと希望は捨てなかった。

一度だけ、高校のときに付き合っていた男に連絡を取ろうとしたことがあったが、よく考えたら相手の名前しか知らなかったことに気づき、ちょっとだけ泣いて「過去の思い出」にした。大学時代は片思いを堪能《たんのう》し、恋人がいない者たちでつるんで旅行に行ったり旨《うま》い料理を食べに行ったりと、それなりに楽しかった。

それでも、どうしようもなく人肌が恋しくなるときがあって、そんなときは仕方なく、肌触りのいい毛布にくるまって、教室やトイレで行っていた秘密の行為を思い出して自慰をした。

教師として山桜高校に採用されてからは、性欲が消えるほど毎日多忙だったが、二年目の春に、鈴原の心にも春がきた。

とんでもない春の嵐だ。

瀬野修弥をひと目見た途端に、鈴原は自分が教師だというのを忘れた。

なんて俺好みの最高の顔が歩いてるんだ？　最高だ。写真撮りたい飾っておきたい！

だがそれはほんの一瞬の出来事で、鈴原はすぐに現実に戻った。相手は生徒だ。恋愛対象にしてはいけない。

「ん……っ」

唇を噛んで声を殺し、左手で左乳首を弄りながら陰茎を扱く。

『ねえ先生。先生の乳首って女の子みたいに敏感なんだね？　ちょっと扱いてあげると、すぐ硬くなって摘《つ》まみやすい』

好みの相手に恥ずかしいことをされることを想像しながら自慰をするのが、鈴原のやり方で、相手は二年前から瀬野だった。

まさか担任になった初日の放課後に「俺と付き合ってください」と言われるとは思わなかった。冗談でも嬉しかった。だが鈴原は瀬野を恋愛対象にする気はまったくなかったので、笑顔で「ごめんな」と言った。気にしてないからと付け足す気配りも忘れない。

何せ、相手は入れ食い状態の人気モデルだ。

初めて親元から離れての寮生活、そこで「一緒に頑張ろうな」と言った自分にほだされたのだ。年が八歳離れている割りに鈴原は若く見えるから、従兄《いとこ》の兄さんが傍《そば》にいる気持ちになったのだろう。

この手の分かりやすい美形は、すぐに可愛い彼女ができる。

……そう思っていたはずが、瀬野は三年生になってもフリーのままで鈴原に告白してきた。

告白されるたびに「好いてくれるのは嬉しいが、そういう気持ちはない」とキッパリ断っていた。なのにめげない。その前向きさとバイタリティは凄いと思うが、絶対に使いどころを間違えてると思う。

今では告白されても「ああそうか。でもだめだ」と返事もおざなりだ。だって、まるで今日の天気のことでも話すように「好きです」と言ってくるのだから、鈴原もそれなりの対応しかできない。

けれど、もし、卒業してから告白されることがあったら、そのときは頷いてもいいかなと思っている。とはいえそれまで変わらずに瀬野が告白してくるかは分からないので、期待はしない。まあ、なるようになるしかないと、思っている。

自分好みの最高の美形が三年間、自分の傍にいるだけでもラッキーなのだ。

『先生、好きだよ。俺のことどう思ってるの？　俺は凄い好き。こんな風にいやらしいことしたいくらい、大好き……』

教師と生徒でいるうちはだめだと理解している。しかも相手は未成年。

だから、妄想の中だけにする。

瀬野にいやらしいことをされて善《よ》がるのも、全部妄想。妄想だから、どこまでもいやらしくなっていい。

「ん、ん……っ」

『先生、乳首だけでイけちゃう？　俺におっぱい揉《も》まれて、乳首苛《いじ》められてさ、それだけで恥ずかしい精液出せちゃう？』

瀬野がこんな赤裸々なセリフを言うかなんて知らない。ただ、本当にそんなことを言うとしたら、そのギャップに興奮する。

「ふ、ぁ……っ、ああ、もう……っ」

個室の中に熱が籠《こ》もった。

陰茎を扱くたびにくちゅくちゅと粘りけを帯びた湿った音が響き、鈴原の耳を犯していく。

とろとろの先走りがドアに飛び散るのが見えた。

クラブ活動の喧噪《けんそう》も、教師たちの声も、ここまでは聞こえてこない。だから鈴原も少し大胆になった。

「ぁ、ふ……っ、あ、あぁ……っ」

両手で筋肉質の胸を揉みながら、勃起した陰茎をドアに擦《こす》りつける。ぬるぬると滑って思うような快感を得られないのがもどかしくて気持ちがいい。両手の指で、ふっくらと膨らんだ乳輪ごと摘まみ上げ、わざと力を込めて指先で押し潰す。

その途端、背筋から腰に向かって閃光《せんこう》のような激しい快感が走り、鈴原はつま先立ちになって体を震わせた。

『ああ、まだ乳首を弄られるだけじゃイけないんだ。じゃあ、乳首だけですぐイけるように調教してあげないと』

あ、そんな、綺麗《きれい》な顔で笑いながら言われたら、俺もう、それだけで射精する……っ。

「くっ」

どんなに乳首を弄っても、まだそれだけでは射精できない。鈴原は右手を下ろして陰茎を掴《つか》むと、乱暴に扱いて射精する。

「はあ……」

スッキリしたと同時に罪悪感が押し寄せる。体を鎮《しず》める方法はこれしかないと分かっていたことなのに理不尽だ。

トイレのドアは酷いことになってしまったが、ここは幸いにしてトイレ。紙ならいくらでもある。

備え付けのトイレットペーパーで簡単に拭《ぬぐ》い、身支度をすませてから丁寧《ていねい》に拭《ふ》き直す。これで問題はないはずだ。

鈴原は、タンクのフックを動かし、便器に捨てたトイレットペーパーを流しながら、「学校で何やってんだよ俺」と、再び自己嫌悪に陥《おちい》った。

「鈴原先生、全員着替え終わりました！」

瀬野が、職員室まで走って鈴原の下《もと》にやってきた。

「廊下を走るな」

「はーい。でも俺、早く先生と散歩したかったし」

お前はモデルじゃなくてアイドルかよ。ああ、本当にキラキラしてるなあ……。

瀬野の笑顔を見つめながらそう思っていると、隣の席の高見《たかみ》教諭が、「相変わらず瀬野は光ってるな～」と笑う。高見自身も母親が英国人で、正式名称は高見・ジャック・悠生《ゆうせい》というなかなかのキラキラ美形だが、そんな彼にも瀬野のキラキラは分かるらしい。

きっと高見先生が好みだったら、後ろめたさも感じずに思う存分楽しい片思いができたんだろうな。

そんなことを思っても仕方がない。鈴原は自嘲気味に笑い、瀬野に視線を移す。

「ありがとうございます」

笑顔で頭を下げる瀬野に、鈴原は「うるさいんだよお前」と注意しながら席を立った。

そのとき、今まで電話をしていた三年の学年主任が受話器を置いてこちらを向き、真顔で「マリリンが出たそうだ」と言った。

マリリンとは猟友会の一人が名付けたメスのイノシシの名前で、丁度三年前から学校裏の山に出没するようになった。可愛い名前とは裏腹に狂暴で恐ろしい。

瀬野たち散歩部も、何もしないのに追いかけられて命からがら木に登って、携帯電話で鈴原に助けを求め、猟友会と警察に助けてもらったことがあった。

「いやでも、ちょっと暴れるには時期が早くないですか？　それに繁殖時期でもない」

「それが、よそから若いイノシシが紛《まぎ》れ込んだらしく、それに怒って機嫌が悪いらしいんだ。気を付けてくださいよ？　鈴原先生と散歩部。あと、佐山《さやま》先生！　顧問の『山菜収穫部』の連中にも伝えてあげて！　マリリンが出たって！」

学年主任は、今まさに大鍋を持って教室から出て行こうとした佐山の背中に声をかける。

「マジですか！　もう参ったなあ。分かりました。部員たちに言っておきます！」

廊下からは「ぼたん鍋にすればいいのに」という部員たちの声が聞こえてきたが、出会ったことのある瀬野が「それは無理」と密かに首を左右に振った。

鈴原もそれには同感だ。あの、圧倒的な存在感を前にすると逃げることしか考えられない。

「……というわけなので、裏山を散歩するコースは避けた方がいいな。麓まで歩くか？　どうする？　瀬野」

「そうですね……。寮の向こう側の沢山《さわやま》なら、大丈夫かなと。丸太橋と川で遮られてますから。あとは、ラジオをガンガン鳴らしていく」

「ふむ。そうならいいか」

「あとね先生、沢山の方が、人が登りやすい木が多い。もしものときは、すぐに登れる」

なるほど。それは大事だな。

鈴原が小さく頷くと、耳元で瀬野が「もしものときは、俺が先生を守りますから、木に登れなくても安心して」と付け足した。

まったくこの生徒は。あれだけ断ってもまだ俺に愛を語るのか。粘り強いな。嬉しいけど。

鈴原は思わず感心し、瀬野の肩を軽く叩《たた》く。

「木登りぐらいできるし、生徒にかばわれてどうする。ほら、行くぞ」

「それはそうですけど……」

瀬野がムッと頬を膨らませて鈴原を睨《にら》む。

鈴原は可愛いなと思いつつ「ガキが」と言って笑った。


恰好《かっこう》だけで言うと、散歩というより軽登山。

当時、初散歩に合わせてみんなで購入した登山靴は、今はすっかり馴染《なじ》んでいるどころか、すでに二足目だ。

ゴアテックス素材のアウターを羽織った鈴原は、自分たちが散歩をする道筋を双眼鏡で確認する。いつも通り、少しだけ夏を残した山の色。

「ここは携帯が通じるからいいが、バッテリーは大事にな？　あと、吉竹、なんでここでおにぎりを食べる？」

そりゃ行動食だろうがと、突っ込みを入れてやると、吉竹は「我慢できなくて」と笑った。

「先生、今日は往復二時間コース。岩野沢《いわのさわ》で折り返しです」

瀬野が自分と吉竹の間に割り込んできて、「今日の散歩コース」を確認してくる。

雑誌では恰好良い姿しか見せていないのに、こういうときは主《あるじ》に褒められたい犬のようで可愛い。

和久井も瀬野が犬に見えたのか、呆《あき》れた顔で笑っていた。

「よし！　腹も膨れたから動けるぞ！　今日も元気に散歩しますか！」

吉竹は勝手に仕切り、山道に入っていく。

続けて和久井、その後を瀬野。鈴原は一番後ろからついていく。

爽やかな山の香り。

少し湿った土と木の丸太で作られた道を小幅で歩きながら、双眼鏡を携帯電話に持ち替えて写真を撮った。最近の携帯電話のカメラ機能は目を見張るような進化で、趣味で撮る分にはまったく問題ない仕上がりだ。

「よし」

鈴原も、木の股で一休みしている小鳥をカメラに収めて頷いた。鳥の名前が分からないので、あとで職員室で鳥に詳しい教諭に写真を見せて名前を聞こうと思った。

「いつでもどこでも、キジバトはうるさいよなあ」

先頭を行く吉竹が大きな声を上げる。彼の声はもうラジオ代わりとして聞いておこう。これだけ響くなら、イノシシも熊も寄ってこないに違いない。

「あ、リス。可愛いけど……デカい」

和久井が暢気に言ってから携帯電話を構えた。

それに吉竹が「遅い」と突っ込みを入れる。

「……ったく。小学生かよ、お前ら」

思わず口から出た独り言が聞こえたのか、瀬野が振り返った。

まだ道幅が広いので、鈴原の横に並ぶように歩く。

「俺たちは、来年の今頃は大学生なんですよ」

「まあ、順調に行けばな、そうだよな」

「絶対に大学生なんですけど……！」

「うんそうだな。その頃、俺は新しい一年の担任をやってるかもな。散歩部も存続させたいと思ってるし」

「え？　そんなのいやだ。どっちもいやだ。散歩部は俺が発足させたんだから、俺が卒業したら廃部にしてください。あと鈴原先生はしばらくクラス担任しないで」

何を訳の分からない我《わ》が儘《まま》を言ってるんだ？　こいつは。真顔で迫ってくるのは、ちょっと恰好良いけど……。

瀬野に右手を掴まれて、鈴原は思わず足を止める。

和久井がチラリとこちらを見たが、気にせず吉竹と先に歩いて行く。

ちょっと待て。俺とこいつを二人きりにするな。俺が困る……っ！

「先生は、俺の告白を本気にしてないでしょ？　俺が冗談で、三年間も男に告白し続けると思ってる？」

「だってお前の告白は軽いし。だから俺もそれ相応の軽さで応えるというか」

忘れもしない、あれは瀬野が山桜高校に入学して初日の放課後だ。

「先生、俺と……付き合ってください」

瀬野が職員室の鈴原の席までやってきて、真顔でそう言ったのだ。

「ん？　どこまで？　理科系の資料室は標本や模型が山ほどあるから、入るのに勇気がいるよなあ。そんなに怖いのか、瀬野は」

密かに片思いをしている相手が、モジモジしながら自分にお願いをする姿が可愛くて、鈴原の心の中に綺麗な花が次から次へと咲いた。

だが瀬野は首を左右に振ってから「ベタすぎる」とため息をつく。

「なんだよお前。怖いのは内緒にしておいてやるぞ」

「俺の言い方が悪かったのかな？　えっと……先生に一目惚れしたので、俺と付き合ってください」

にっこり笑顔で言われて、鈴原は目がまん丸になった。そして左右を確認して、この一角には自分しか教師がいないことを確認する。

昼休みの職員室で、しかも教師に告白する男子生徒がいていいものかと、鈴原は当人を目の前にして眉間《みけん》に皺《しわ》を寄せた。

「ね？　俺と付き合って」

笑顔で言うことか。相手に困るお前じゃないだろう。はい、うそ。これはきっと何かの罰ゲームだな。

鈴原はそう納得して「また今度な」と笑顔で返事をした。

その日以来、鈴原の返事はまったく変わらない。

「……どうしたら、俺の気持ちを分かってもらえるんですか？」

「その前に、俺の気持ちもちゃんと考えてくれよ。自分が担任しているクラスの生徒に駄々《だだ》を捏《こ》ねられているんだぞ？」

そうだとも。お前は生徒で俺は教師。そこをな、ちゃんと考えてくれ。告白するなら卒業して、四月になってからにしてくれ。卒業式を終えていても、三月いっぱいはお前は山桜高校の生徒なんだ。

鈴原はじっと瀬野を見つめる。

「駄々を捏ねてなんかない。あんたを愛してるだけだよ。だから俺の恋人になって。そして、二人で文化祭とか冬休みとか、年末年始とか……これからやってくる、めくるめくイベントを謳歌《おうか》しよう」

熱弁を振るってそれか。

鈴原はため息をつき、空いている左手で瀬野の頭を撫で回す。

「俺は教師でお前は生徒。俺が言いたいのはそれだけだ。かなり遅れたが散歩を再開するぞ」

「え？　ちょっと、待って。先生！　言いたいことは分かるけど！　でもね？」

瀬野の言葉を無視して歩き出す。

言いたいことを本当に分かってくれたのかは疑問だが、とにかく今日の攻防戦は自分が勝った。…まて、何と戦ってるんだ俺は。

背中に「先生のバカー！　でもスキー！」と瀬野の大声が響いた。

ほんと、可愛いヤツだよ。だからさっさと大人になって告白でもしてくれ。

文句を言いながら早歩きして、自分を通り越して和久井にわざとぶつかっていく瀬野を見て、鈴原は小さく笑った。


散歩でいい汗をかいて寮に戻る。

学生寮と違って職員寮にはそれぞれの部屋にユニットバスが付いているので、先を争うように大浴場に向かうことはしなくていいのが楽だ。

鈴原は腰にバスタオルを巻いただけの恰好で、一人用の小さな冷蔵庫から水を取り出して一口飲む。

六畳一間のワンルームだが、家具と家電は備え付けてあって不自由はない。むしろ、家電は二年おきに新しいものに変えられているので「こんなところに金を使っていいのか？」と不安になるほどだ。これはもう学校経営が上手く行っているか寄付金が凄い額なのだと思うことにしている。

ベッドをソファ代わりに腰を下ろし、テレビのリモコンを掴んだところで、誰かがドアのブザーを押した。

「はい！」

スコープを覗《のぞ》かずに大声で返事をすると、「俺です～」と高見の声がした。

「あ、ちょっと待ってくださいね！」

鈴原は慌《あわ》てて身支度を調《ととの》え、Tシャツにハーフパンツという恰好になる。途中乳首とTシャツが擦れて変な声を上げてしまったが、冷えた水を一気飲みして気持ちを落ち着かせた。

「お待たせしました……って、あれ？」

高見はワイシャツにスラックス姿で、両手に缶ビールを山ほど持っている。

「実家からビールが届いたので、お裾分けです。酒屋じゃないんだけど、お中元でもらった呑《の》みきれない分が、今年は俺のところに送られてきました」

「本当ですか！　うわ～嬉しいなあ。ありがとうございます。よかったら上がってください！　おつまみチーズと柿の種があるんです」

ビールは嬉しい差し入れだ。

鈴原は笑顔で高見を招き入れる。

「うん、ありがとう。……でも、君のそういう無防備なところが、瀬野君はイライラするし焦《あせ》る原因なんだろうね」

「……はい？」

缶ビールを受け取ったまま、笑顔で固まった。もしかして高見の後ろに瀬野がいるのだろうかと、思わず視線で背後を確認した。

「まあまあ、そろそろお兄さんに話したいことがあるんじゃないかなーって思ってね。俺の心は海くらい広いから、なんでも受け止めてあげる」

「日本海並み？」

「ううん。言うなら大西洋かな」

「それは結構な広さ………」

高見は微笑《ほほえ》みながら部屋に入り、鈴原のベッドに勝手に腰を下ろす。

「単刀直入に言ってしまうけど、鈴原先生ってゲイだよね」

冷蔵庫に入れようとしていた缶ビールがすべて床に落ちて盛大な音を立てた。

なぜバレた……どうしてバレた？　今まで穏やかに教師生活を送ってきたのに。生徒に手を出したことなんかないし、生徒で想像したのも瀬野が初めてだし……。

あれやこれや、記憶の糸をたぐり寄せるが自分がヘマをした記憶はどこにもなかった。

「あ、あの……高見先生……っ、俺は……」

「俺は鈴原先生がどういう人なのか、この学校に採用されてからずっと見てきた。三年と六ヶ月ぐらいかな。だからあなたが真面目な教師だってのは分かってる。安心してください。俺は誰にも言う気はない」

「なんで分かったんですか！」

「んー……友人にそっち系が多いから。でもそうか。本当にゲイだったのかー！　まあ、そういうこともあるよね。男子校の教師になったのは偶然？」

「へ？　待って、俺のことを今……ゲイだって……？」

するとと高見は「引っかけただけ」と言って舌を出して笑う。

「おい！　このっ！　ふざけやがって！　リスニング教師！　放送禁止用語を英語で怒鳴るぞ！」

自分がゲイだと気づいてからずっと誰にもバレずに生きてこられたのに、ここでいとも簡単に、相手のトラップに引っかかってしまった。しかも同僚だ。

「ほらほら、落ち着いて～」

「なんだよもう……穴があったら入りたい……」

「鈴原先生はどっちかというと入れられる方じゃない？」

「だからなんで知ってるんだよっ！　……って！　俺の馬鹿っ！　あーあーっ！　最悪っ！」

今さっき引っかかったばかりなのに、またすぐ引っかかる。

これで高見に、ゲイどころかどっちのポジションでセックスしたいかまで知られてしまった。

「狼狽《ろうばい》している鈴原先生って、ここまでちょろくなるんだ。びっくりだよ」

「…………もう、なんとでも言ってくれ」

ため息も出やしない。

鈴原は落ちた缶ビールを冷蔵庫にしまい、最後の二本を持ってリビングに戻ってくる。そのうち一本を高見に手渡した。

キッチンの小さな棚から封の開いた柿の種を掴んで持ってくると、小さなローテーブルの上にティッシュを敷いて、その上に柿の種を置いた。

ずいぶんと適当だが、男同士で呑むならこれで丁度いい。

「……で、高見先生は何しに来たんだ？」

「俺自身はストレートなんだけど、何かとゲイの友人から相談されることが多くてね。だから、鈴原先生にもアドバイスをしたくて」

「別に俺は、アドバイスなんて……。いや、もらった方がいいのかな。この先ずっと一人で生きていけるように」

鈴原は缶ビールの中身が溢《あふ》れ出ないように慎重にプルトップの傍に口を付け、最初の一口を啜《すす》った。

「なんなのそれ、寂しいね。彼氏を作ってもいいじゃないか」

「俺はこんな山にある男子校の教師だから出会いは生徒しか……」

「ああ、それねー。転職って手もある。転職するときは、ここでのキャリアが役に立つと思うし。塾の講師とかいいんじゃない？　転職しないにしても、山桜は教師のプライベートにはノータッチだし。まあその分理事会は厳しいけどね。鈴原先生のその態度ならバレることはないでしょ」

「え？　態度？」

「瀬野に懐《なつ》かれても、適当にあしらっているところ。あれはいつも見事だと思います。そのお陰で、瀬野にも変な噂が立たない。狙ってやってた？」

いやそれは、今知りました。狙ってないです。

鈴原は目を丸くして首を左右に振った。

「とにかく俺は、愛に困っている人間を見ると手を差し伸べたくなるのです。だから鈴原先生も頑張って乗り越えて。年下の彼氏、しかも美形だなんて最高じゃないか」

高見は嬉しそうに言うが、鈴原の眉間には皺が増える。

「教師と生徒で何をどうするんですか。俺はこの関係がもっとも最悪だと思ってます。なのにあいつは、ベタベタとくっついてきて……」

「そうだね。教師の心、生徒知らずってヤツだよね……」

「ええ」

「で？　瀬野君のことはどう思ってるの？」

「俺が教師であいつが生徒でいる限り、ノーコメントです」

「…………それだと、俺の出る幕がないです。少しぐらいロマンスがあってもいいんじゃないかな？」

「ロマンスなんて……くっそ、なんで瀬野が生徒なんだよ……っ」

酒が入ったからだ。たとえ缶ビールを二口ぐらいしか飲んでいなくても、入ったことには変わりない。

ああそうだとも、俺は瀬野の顔が大好きだし、俺に懐いてくれるあいつは可愛いと思ってる。それに、性格だっていい！　俺にとっては完璧な美形だよ！

なんてことは心の中でだけ叫んで、鈴原は大人らしく小さなため息をつく。

「卒業まで待ちたい鈴原先生と、卒業するまで待てない瀬野君かあ……。これ、本人に言ったらいいんじゃないですか？」

「そんなことを言ってあいつがいい気になったらどうするんですか？　俺は！　たとえば人気《ひとけ》のない教室であの顔に迫られたら……きっと……最後まで許してしまうぞっ！　俺の初体験も何もかもっ！」

「そうか〜。鈴原先生はバージンなのか〜。いやいいねえ、愛する人が十八歳になるまでずっと守っているのか。そういうのに憧れるなあ」

にこにこしながらビールを呑む高見の前で、鈴原は床に突っ伏した。

今日の星占いはきっと最下位だったのだ。バイオリズムも悪かったに違いない。そうでなかったらこうも自分の秘密を他人に喋《しゃべ》ってしまうはずがないのだ。

「もう……いっそ殺してくれ……」

「そんなに落ち込まなくてもいいじゃないか。瀬野君に知られなくてよかったぐらいに考えていれば？　あの子が今の事実を知ったら、とんでもないことになると思うし」

「まあ……そうだな。それもそうだ。……ということで、高見先生、俺の言った言葉は忘れてくれ」

「いいよ。忘れたふりをしてあげる。なんなら俺が、瀬野君に卒業するまで待ちなさいって言ってあげてもいいし」

「いやそれは……いい」

あいつが卒業するまで、俺がずっと拒んでいればいいだけなんだから。これは俺と瀬野の話で、誰かが間に入ってはいけない。それが最低限の礼儀だろう。

鈴原は柿の種に手を伸ばし、まとめて何粒か囓《かじ》る。

「それは分かるけど、彼は卒業したあとに、鈴原先生に告白するために戻って来ると思う？」

「さあどうだろう。でもまあ、戻って来ないのがあいつのためになるなら、それでもいいと思う。だってあいつ、俺が初めて担任になったクラスの生徒なんだ。恋心がなくても可愛いに決まってるじゃないか」

クラスの生徒はみんな可愛いなんて言ったら瀬野は「俺は特別可愛い」と言って怒るだろうが、こればかりは仕方がない。

「君もたいがい……面倒くさい性格をしているね。瀬野君が卒業したら、自分から告白に行くって考えはないの？」

びっくりした。そんなこと考えたことなかった。

目から鱗《うろこ》が落ちるというか、自分はどれだけ上から目線だったのか……。

「は、恥ずかしい……っ」

鈴原は両手で顔を覆い、またしても床に突っ伏す。

「勝手に思っているだけでいいんだって……ずっとそう思っていた。受け身すぎる……！　俺は今ほど自分を恥じたことはない……」

高見がいるのも構わずに、鈴原は床をコロコロと転がりながら「俺はなんて最低の男だ」と低い声で呻《うめ》いた。

「そんなに落ち込まなくても。今分かってよかったと思いなさい。ね？　これから気持ちを切り替えればいいよ！　そうすれば、明日はきっといい日になる」

ベッドの上で缶ビールを片手に両手を広げている高見に、後光が差して見えた。

「前向き……最高だな！」

「だてに生徒指導を三年もやってませーん。そろそろカウンセラーの資格でも取ろうかなと思ってマース」

「メンタル系の資格か……俺も取っておいた方がいいな。うちの学校の研修制度を使ってやってみるか」

「自分を見つめ直すきっかけにもなると思う。いいんじゃないかな」

「高見先生が勧めてくれるなら……そうか」

「だからね、そういうところは気を付けた方がいいよ。無防備にキュートだと、いつか痛い目に合う。もっと自分が、どんな目で見られているかってことを考えて。俺はストレートだけど、ちょっと可愛いと思ったもんね。性的興奮はありませんが」

そういえば瀬野も、俺のことを可愛いとか言ってたな。「可愛い」という言葉がこんな複雑だとは思わなかった。実際、高見先生も俺が可愛く見えたと言ったし……。

「つまり、いい年をして子供っぽいところが可愛く見えると？」

「んー……間違ってないけど当たりでもない。まあ、下界に行ったときに自分の態度に気を付けていればいいんじゃないかな」

下界とは麓から先の「街」のことで、山桜の学生や職員たちが使う隠語だ。

「よし分かった。ところで……」

鈴原が続きを言おうとしたところで、ドアがノックされた。

棚の上に放置していた置き時計に目を向けると、午後八時半。

「あ、今夜の夕食……！」

「え？　もうそんな時間？　食べに行かないと食いっぱぐれる！」

高見は慌てて立ち上がり、鈴原の代わりに玄関のドアを開ける。

そこには、夕食の載ったトレイを持った瀬野が、神妙な表情で立っていた。


「食堂のおばちゃんに聞いたら、先生がまだ食べに来てないって言ったから」

「あ、ああ、うん。すまないな瀬野。上がるか？」

意味深な笑みを浮かべてさっさと出て行った高見に困った顔を見せた後、鈴原は瀬野に笑顔で声をかける。

「じゃあ、お邪魔します……」

瀬野がこの部屋に来たのは今日が初めてではない。

今まで何度も、「分からないところを教えて！」と個人授業をねだりにやってきた。そのたびに鈴原は、「教師のプライバシーをどうしてくれる」と怒りながらも教えた。教師と生徒が必要以上に親しくなるのは如何なものかと思っているので、なるべく冷静に対処しようと思っているのだが、瀬野は甘えるのが上手《うま》くて、今のところいつも失敗している。

「あの」

「ん？」

「先生……酒臭いんだけど」

「あー……高見先生が、缶ビールを持ってきてくれたからな」

プライベートなのでアルコールが入っても問題ない。問題になるとしたら、鈴原が中身の入った缶ビールを持って、酔っ払いながら生徒のいる食堂や自習室に現れることだ。

「大人の時間ってヤツか……ねえ先生」

柿の種を皿に移動させたローテーブルに、今夜の夕食が置かれる。

ほこほこと湯気の立っているトンカツの卵とじ、ポテトサラダ、大根とキュウリの漬け物。どんぶり飯に具沢山《ぐだくさん》の味噌汁。育ち盛りの男子高生の量だが、とにかく旨い。理事会は、旨い食べものが日々の生活の中でいかに大事かをちゃんと分かっている。

「おー……今日は凄いな。人気メニューじゃないか」

「旨かったよ。だから先生も、冷めないうちに食べな」

「そうするわ。わざわざ持ってきてくれてありがとうな？　瀬野。冷蔵庫にアイスが入ってるから食べていいぞ？」

「俺、子供じゃないし。アイスがほしくて先生のご飯を持ってきたわけじゃない」

「だったら、あとで高見先生に渡す」

「喜んでいただきます！」

子供じゃないか。可愛いなあ。

ファッション雑誌のモデルの写真だとずいぶん大人びて見えるが、風呂上がりの濡《ぬ》れた髪でTシャツにジャージ姿だと、年相応の子供だ。

「この、チョコのアイス食べていい？」

「いいぞ。俺、バニラの方が好きだし」

「俺がチョコアイスを好きだって知ってて、買っておいてくれたとか？」

「なにその、意味不明の前向き発言」

鈴原は「ぷはっ」と笑って、瀬野が持ってきてくれた夕食に箸を付ける。

トンカツの卵とじと言っても、グツグツ煮込まれているわけではないので、カツはサックリ、それでいて卵はぷるぷるの半熟で、口の中で肉と卵と濃いめの出汁《だし》が合わさるとたまらなく旨い。

ああ厨房《ちゅうぼう》の調理師さんたち、本当にいつもグッジョブと思いながら、次に具沢山の味噌汁を飲む。味噌味にゴロゴロと入った根菜と豚肉の細切れがよく合う。これだけでご飯のおかずになりそうだ。

「ふう」と一息ついて、今度はポテトサラダを頬張った。ジャガイモとタマネギとハムだけのマヨネーズとちょっぴりの胡椒《こしょう》で味付けられたシンプルなポテトサラダには、輪切りのキュウリとスライスしたリンゴが添えてある。

鈴原はリンゴやミカンの入った少し甘酸っぱいポテトサラダが好きだが、それを生徒たちに言ったら「邪道だ」「先生にはガッカリだ」と散々な言われようだったが、それでも、スライスしたリンゴの上にポテトサラダを乗せて食べることはやめられない。果物の爽やかな甘味と、マヨネーズの酸味が凄く合うのに、どうして生徒たちは分かってくれないんだろうかと、いつも思っていた。

「先生、美味《おい》しい？」

「ああ。旨いわ。これで土日も食事が出てくれれば最高なんだがな。昔から土日は休みなんだよ」

「土日の自炊は、もう慣れました」

「だよな。三年だもんな」

寮の食堂は月曜から金曜までで、土日と祝祭日は休日になる。そのため、食堂の横には自炊できるスペースと各棟ごとの冷蔵庫があった。

職員は自分の部屋で自炊をし、生徒たちは己の自主性を試される。

みな「米さえ炊けばあとはどうにでもなる」を合言葉に米を炊き、レトルト食品や缶詰を乗せた即席の丼《どんぶり》ものを作ったり、数人で協力してカレーを作った。一年生の最初のうちは辛いが、半年も経つと慣れてきて寮生活を楽しめる。鈴原も昔はそうだった。

「先生も、さんおーのOBだもんねー」

アイスを食べながら鈴原の横顔をじっと見つめていた瀬野が、驚いている。

「おう。俺はお前らの先輩の一人だ。ちなみに、昔はバレない門越えの仕方があったんだ」

門越えとは、門限を無視して麓の町まで遊びに行くことで、現在は優秀なセキュリティーシステムで誰一人として成功していない。

「マジですか……」

「センサーと防犯カメラが干渉し合って死角になる場所があってな。何度か使わせてもらった。懐かしい」

「昔の生徒は何をやってるんですか。せっかくこの学校に入ったんだから停学や退学になるようなことはしませんよ。そんなことになったら、鈴原先生とも会えなくなる」

瀬野の熱い視線をスルーして、「そういやお前、ここに入った理由が制服だったよな」と笑った。

「服がお洒落《しゃれ》っていうのは大事だと思います」

「それだけで山桜に入れたってのが凄いよな。ここの偏差値は高い」

「俺はキラキラしているだけでなく、ちゃんと努力もしている美形だって、ようやく理解してくれました？　しかも、愛してる相手のために夕食まで持ってくる気配り。最高の恋人になれます。ね？」

アイスを囓りながら「ね？」と小首を傾げられても、ただの男子高校生なら大して可愛くない。だが相手は瀬野なので、その破壊力は凄《すさ》まじかった。

鈴原はあやうくドンブリを落としそうになって、すんでのところで堪《こら》える。

「その手前味噌はなんなんだ。アピールのしすぎは逆に反感を買うぞ」

「……鈴原先生は俺が嫌いになった……？」

「ならないよ、大事な可愛い生徒の一人だ」

「ああもう、そのセリフ、俺は大嫌いですよー！」

瀬野は勢いよく立ち上がると、今度は鈴原のベッドにダイブする。

「おいこら、アイス！」

「もう食べ終わった……。いいなあ、先生たちのベッドって寝心地がいい。このまま泊まりたい。そうだ、俺は泊まっていこう」

「ふざけるな」

鈴原は箸をトレイに置き、瀬野の右手からアイスの棒を奪ってゴミ箱に捨てた。

「さっさとベッドから下りて、自分の部屋に帰りなさい」

「……鈴原先生の匂いがするベッドから下りたくない」

「……俺はお前を可愛い生徒だと思っているが、今の状態では、言うことを聞かなくて面倒臭い生徒に格下げするしかないぞ？　瀬野。第一、俺はお前のクラスの担任なんだから毎日会っているだろう？　あれもこれもと欲張りすぎるのはいかんと思う」

瀬野はゆっくり起き上がって、乱れた前髪を掻き上げながら鈴原を見た。

「分かってる。でも俺は、ほしいと思ったものは今まで全部手に入れてきた。……ねえ、ここまできたら、一度ぐらいは俺にほだされてみない？」

「俺は物じゃないぞ」

「分かってる。頑固で手強《てごわ》い。でも俺、あんたに一目惚れしちゃってるから、イエスの返事をもらうまで、何回だって告白します」

「無理だぞ」

「やってみなきゃ分かんないでしょ。だって先生が俺の顔を好きなの分かってるし」

ああうん。確かにそうだな。お前の顔は大好きだ。でもお前は今生徒だから、それ以外の感情についてはノーコメントだ。制服姿で一人で写っている写真がほしいよなぁ。毎日見ていても飽きない綺麗な顔。

鈴原は肩を竦《すく》めて「そうだな」と認める。

「やっぱりね。でも好きなのは顔だけじゃないよね？」

「そういう面倒臭いことを言う生徒は嫌いになるぞ」

「またそんなことを言う。だったら……ちょっとその、お試しみたいな感じで……」

瀬野が手を伸ばして、鈴原の腕を掴もうとして失敗する。

彼の指先が触れたのは、鈴原の胸だった。

Tシャツ越しではあったが、彼の指先が左乳首を引っ掻いた。

「……っ！」

声を我慢したのは本当に偉いと思う。自分を褒めたい。だが、両手で胸を押さえてしまったのは失敗だった。

「先生……ねえ、ちょっと、いいかな？」

瀬野の喉がごくりと鳴るのが分かった。鈴原はベッドから下りようとしたが、今度はしっかりと腕を掴まれ、引っ張られて押し倒される。

「おい。ここは教師の部屋で、お前は生徒だぞ」

「分かってる。けど、このチャンスは逃したくない」

「チャンスなんてない。今ならまだ冗談ということで許してやる」

「だめだって。だって、鈴原先生の乳首、俺にちょっと触られただけで、もう勃ってる」

「……不可抗力だ」

「違う。だってほら……」

Tシャツ越しに瀬野の掌が無理に押し当てられる。妄想の中では知らなかった体温が、今、じわりと鈴原の体に浸透した。

「おい……」

「ここ、可愛い。こんなに硬くして、不可抗力なんて言うなよ。気持ちいいよな?」

妄想の中と同じだ。こんな風に、ちょっと強気に責められて、乳首だけでなく陰茎もはしたなく勃起させる。

「……っ」

もどかしいTシャツ越しの愛撫。

布越しにかりかりと爪で先端を引っ掻かれるだけで、快感のあまり鈴原の体から力が抜けていく。

「くっ、ぅ……っ」

「先生……こんなに敏感でどうするんだよ。俺以外の誰かに触られても、こんな風に感じて、無抵抗になるの?　俺……もの凄く心配なんだけど」

俺を心配するなら、さっさと俺の上からどいて部屋から出て行けよ。

なんて言えずに唇を噛みしめる鈴原に、瀬野がなおも心配そうな声を出す。

「ほらここ。……興奮して乳輪までふっくら膨らんでさ……最初からこんな敏感だった?　それとも、誰かにここまで調教された?　こんな、すぐに硬く勃起する乳首なんて女の子だってそうそういないよ？」

Tシャツを捲《まく》り上げられて、両方の乳首を乳輪ごとくにくにと揉み込まれて、背がしなった。

他人の指に乳首を弄られるのは八年ぶりで、体が瀬野の指を欲する。

「ねえ、誰かに調教された？　昔のことだから、俺は気にしないよ？　だから教えて」

もっと触れてほしいのに、瀬野の指が乳首から離れていく。体の奥で快感の芯ができたのに、育つほどに触れてもらえずもどかしい。

「ふ、ぅ……っ」

「それとも、先生が自分でずっと弄って敏感にした？　先生もここの寮生だったんだよね？　ベッドの中で、一人で弄くってた？　すっごいやりたい年頃だもんね。我慢できないよね」

「違う……っ」

「じゃあ誰に、こんな風にされたの？　教えてくれたらもっと気持ちいいことをしてあげる」

「ああ…っ！」

指の腹で勃起した乳首を撫でられると、泣きたいほど気持ちがいい。指の魔力に勝てなくて本当のことを口にした。

「高校のとき……っ、初めて付き合ったヤツに……乳首ばっかり弄られたんだよ……っ」

何で俺が、こんなこと言わなくちゃならないんだよっ！　くっそ！　俺の体の馬鹿野郎っ！

乳首が敏感なだけでなく、体中が快感に弱いらしい。

鈴原は唇を噛みしめて喘ぎ声を堪えながら、瀬野に乳首を責められる。

もっと強い刺激がほしいのに、じれったいほど優しく乳首を弄られて、思わずねだってしまいたい衝動に駆られた。

「凄い可愛い。気持ちいいのを我慢してる顔も、そのくせ素直な体も……。でも俺は今、先生の体をこんな風に調教した相手に嫉妬もしてる。すっげえ……悔しい」

瀬野が目に涙を浮かべて「悔しい」と繰り返す。

ああヤバイ。その顔……凄く可愛い。俺が「お前にとって初めての男」じゃないから悔しいのか？　それとも……。

生徒に乳首を弄られるという恥ずかしい状態にも関わらず、鈴原は瀬野の頭を優しく撫でる。

「ねえ先生。俺、先生がゲイでよかったと思ってる。だってストレートより俺のことを好きになってくれる確率が高いし。だから……」

「可愛いことを言うなよ。ほだされるじゃないか」

「ほだされていいよ。俺、下手だって言われたことないから、先生のことも最高に気持ちよくしてやる。俺以外とセックスできないようにしてやる。ずっと一生……」

瀬野の顔がキスをしようと近づいてくる。

だが鈴原は彼の口を押さえて「だめだ」と言った。

「俺が教師でお前が生徒のうちは、絶対にだめだ。俺が何度も言っている意味、分かるよな？

お前は賢いから……」

そっと口から手を離してやると、「俺のことを思い出にしたいのかよ」と拗《す》ねられる。

「思い出にされたくないなら、卒業するまでずっとアピールしてろよ」

「…………………わかった。今ここで最高のアピールするから。鈴原先生が授業中も疼《うず》いちゃうくらい凄いことするから」

「え」

これって、ここでほのぼの終わる、いい話じゃなかったのか？

瀬野は大人《おとな》しく離れてくれなかった。

「待て、こら待て……っ、あっ、ひ」

何それヤバイ……っ！

いきなり乳輪ごと口に含まれて強く吸われる。何度も甘噛みされるたびに、びくんと腰が揺れた。恥ずかしいという気持ちよりも、他人に触ってもらえるのが嬉しくて、声を堪えることができない。

右乳首をちゅっと強く吸われながら、左側を胸ごと乱暴に揉まれて、掌で乳頭を擦られる。

こんな気持ちのいいことは一人では到底できない。

興奮した陰茎がハーフパンツを押し上げるように勃起したのが分かった。

「そこっ、だめだ……だめなんだ俺……っ」

「乳首で感じちゃうことがだめなの？　こんなエロ乳首、どうやって隠してんだよ。ちょっと触っただけで尖《とが》らせてさ……可愛い。それに、こっちまで硬くさせて。丸わかりなんだけど」

瀬野の膝で股間をゆっくりと押される。その動きに合わせて思わず腰を揺らしたら、嬉しそうに笑われた。

「生徒とこんなことできないって言ってても、体が言うことを聞かないって最高だよね、鈴原先生。めちゃくちゃ可愛い。先生のさ、我慢ができないちんこ見せてね？」

「だめだ、おい……っ、瀬野……っ」

でも乳首を弄られているので体に力が入らず、鈴原の下半身は難なく瀬野の前に晒《さら》される。

「すっげ……なんで、ちんこがこんな綺麗な色してんの？　もっと色が濃いかと思ったのに、もしかして先生って童貞？　ああでも、付き合ってる人がいたんだよね？」

「ばか……っ、そいつが触るのはっ、俺の乳首ばっかりで……っ、突っ込んだことも突っ込まれたことも……ないっ。ぁああっ、そこっ、生徒が、そんな、あっ、先生のそんなところを触ったら……っ、だめ……ぇっ」

「本当に？　ねえ先生！　今の言葉は本当？　まだ処女で童貞なの？　誰にも突っ込んでなくて、誰にも突っ込まれてないのは、事実？」

やめろ恥ずかしい。処女はともかく、この年で童貞だと断言されるのは、結構辛い…っ！

「事実なら事実って言えよ、なあ！」

瀬野が真顔で迫ってくる。綺麗な顔はこういうときは迫力があって怖い。

左手で乳首を引っ張られながら、右手で陰嚢《いんのう》を指先でなぞられる。鈴口から溢れ出た先走りが、瀬野の指をねっとりと濡らしてしまう。

「じ、事実、だよ……っ、乳首以外は処女……っ」

現国の教師なのに言葉使いがおかしいなんて、と心の中の端っこにいる自分がそっと突っ込みを入れてくるが、鈴原にそれを聞いている余裕はない。

「よかった。……あ、別に俺は、先生がエロエロのとろとろに調教されていた後だとしても、愛の力で俺一筋にさせる努力はするつもりだったけど。そうか、先生が処女で嬉しい」

「男に処女なんて……」

「いいんだ。俺と先生の間でだけ、こういう言葉を使う」

瀬野の指はそのまま、陰茎にひっぱられるようにして持ち上がった陰嚢に触れ、ふにふにと優しく揉み始めた。

途端に、快感の閃光が体を走り抜ける。

「ふ、ぁっ、ああっ、そこ、は、やめろ……っ、生徒は、は、んんっ、大人しく先生の言うことを……っ聞け……っ」

「先生こそ、俺が弄りやすいように自分で足を広げてさ、何やってるの？　普段の恰好いいところとか微塵《みじん》もないよ。頼り甲斐《がい》のあるお兄さんみたいだったのに、今はもう、可愛い女の子になってるよ」

「違う……っ、んんっ、ぁあっ」

「勃起乳首と乳輪をこんなにふっくらさせて、ピンク色のちんこはこんなにとろとろに濡らしてさ、俺の指が触れるたびに、腰がビクビク揺れるのが凄く可愛い。先生、俺が今度ブラジャーをプレゼントしてあげるね。敏感なエロ乳首を摩擦から守ってあげないと。ブラを付けた先生は、絶対に可愛いと思う」

可愛いわけがないのに。

瀬野の声が心地よくて、彼の「お願い」を聞いてやりたくなる。

「先生は乳首だけでイける？　射精しないでさ。女の子みたいに、中だけでイッちゃうやつ」

「そんなん……したこと……ない……」

すると瀬野は嬉しそうに目を細めて笑い、「よかった」と言った。

何がいいんだ。こっちは生徒に弄られて大変なことになっているのに。

睨み付けると「その顔、怖くない。可愛いだけ」とまた笑われた。

「つまり先生は、中途半端に調教されたままなんだ。わかった。俺が最後まで躾《しつ》ける。敏感エロ乳首を淫乱《いんらん》エロ乳首にしてあげるよ。乳首がシャツに擦れただけでちんこを勃起させて、我慢汁たらしながらメスイキしちゃう、俺の可愛い淫乱ちゃん……。俺が責任を持って養うから」

「お前、その……言い方……っ」

妄想と同じだ。こんな綺麗な顔で話しているのに、言うことが露骨でいやらしい。

鈴原は興奮して体を熱くさせたまま、瀬野を見上げた。

「先生のために国語を頑張った成果です。エロ単語の言葉責めに目覚めたというか、相手の反応を見るのが楽しい。だから先生と俺って相性がいいよね？」

「なに言って……っ」

「だって、乳首だけ弄ってるときと、エロい言葉を言いながら弄ったときだと先生の反応が違うから。今も、ほら」

瀬野に「我慢汁が凄くて、漏《も》らしてるみたい」と言われただけで、鈴原は「は、ぁ」と切ない声を漏らして陰茎をピクンと震わせる。

「凄く可愛い。鈴原先生、俺本当に先生のことが好きなんだ。だから、ちゃんと責任取るからさ……ね、続き……させて……」

瀬野の顔が近づいてきて、鈴原の額や目尻にキスをする。

触れるだけのキスが気持ち良くて、でも、慣れている感じがしてちょっと腹が立った。

ああそういえば……俺はキスもしたことがない。

高校生の頃に付き合っていたヤツは、鈴原の胸、正確には乳首にしか関心を示さなかった。

唇を押し当てて吸い、舌で舐《な》められていたのは乳首だけだ。唇じゃない。

「先生……」

どこか甘ったれた声で呼ばれて、気がつくと唇に瀬野の唇が押し当てられていた。

柔らかくて温かくて、気持ちがいい。ぬるりとした舌が口腔《こうこう》に入ってくると、チョコの味がした。さっきまで瀬野が食べていたチョコアイス。鈴原の初キスの味はチョコ味だった。

「は……、ふっ」

呼吸しようとして口を開けると、瀬野の唇が少しずれる。それでもまた、鈴原の口腔に舌を入れてくる。舌が触れ合ってびっくりしたが、ちゅっと吸われて舌先でくすぐるように愛撫された。背筋がゾクゾクして、泣きたくなるような切なさが尾てい骨から下半身に広がっていく。

「あ、も、……くる、しい……っ」

「息つぎが下手だね、先生。もしかして初めて？」

「うるせえ……っ、そうだよ。嬉しいか……っ！」

悪態をついたら、瀬野の大きな目に瞬《また》く間に涙が溜まり、ポロポロと鈴原の顔に降り注いだ。

綺麗な目から綺麗な涙が零《こぼ》れていく。

「瀬野」

「ごめん。俺……ほんと、嬉しくてっ。だって先生は二十六歳なんだよ？　なのに、処女童貞で、キスもしたことがないなんて……。俺のために、本当にありがとう……」

「そんな女優みたいなキラキラした涙を流しながら言うことか」

「う……、俺もまさか涙が出るとは思わなかった。どんだけ嬉しかったんだよ俺……」

瀬野が照れくさそうに笑い、またチュッチュと頬に唇を押しつけてくる。

その仕草は動物の子供がじゃれてくるみたいで可愛いかったが、いきなり乳首を摘まれて、ほのぼのとした気持ちが飛んだ。

「先生……」

乳首を弄りながら、瀬野が鈴原の耳元で囁く。

「一度やったら、百回やるのも一緒だよ」

なにをなんて、そんな初心《うぶ》なことは訊《き》かない。訊く声も出ない。

鈴原の口は瀬野に塞《ふさ》がれて、口腔を愛撫される。舌を絡《から》めながら乳首を刺激されると、また体が切なくなる。

「ん、ふっ、ぅう……っ、あっ」

「もっと強く揉んだら、ミルク出ないかな。乳輪がぷにぷにして可愛い。……ああ、先生のミルクはこっちからでした」

瀬野の右手が下腹に移動し、先走りでねっとりと濡れた下腹を撫でた。そこから、つつ、と指が動いて陰嚢に触れる。

「あ」

「先生の玉もほんと、プルプルしてて可愛い。俺はここを弄ってもあんまり感じないんだけど

さ、先生は気持ちいいんだよね？」

掌で包み込んで少し乱暴に左右に揺らされると、あまりの気持ちよさに腰が浮いた。

「それ……っ、なんだよ……、俺……今、初めて……っ、あっ、ふ、ぁぁああっ！　乳首じゃないのに、そんなとこまでっ、ああっ、だめ、だめだ……っ」

ふにふにふにふにと、今度は両手で優しく優しく、延々と焦《じ》らすように丁寧に揉まれて、鈴原はついに「やだ……っ」と言いながら善がり泣いた。

瀬野には見えないように両腕を交差させて顔を隠し、でも、瀬野が嬲《なぶ》りやすいように大きく足を開いたまま、歓喜の声を漏らす。

「ああ本当に、可愛いよ先生。でも、顔はちゃんと見せて。見せてくれないなら、俺も弄るのをやめる」

「くっそ……っ」

本当なら、「分かった。さっさと離れろ」で話が終わるはずなのに。

鈴原は顔を覆っていた両腕を離し、代わりにシーツを掴んでそっぽを向く。

もう、自分で対処できるレベルの快感じゃない。瀬野に弄ってもらわなければ、体の中でドロドロと渦巻く快感は治まらないのだ。

「うん。素直な先生って……可愛い」

「も、先生とか……言うなよ」

だって、教師と生徒はこんなことしてはいけないのだから。

鈴原はそっぽを向いたままそう言った。

「じゃあ……聡太郎さん?」

「…っ」

いきなり、教師じゃない素の自分をすべて受け止めてもらった気がする。ただ、名前を呼ばれただけなのに。

それはどうやら瀬野も同じだったようで、鈴原が「じゃあお前は、修弥か」と言ったら、また目に涙を浮かべて嬉しそうに笑った。

「ヤバイ、俺死ぬ。腹上死する」

「ふざけんなよ。ここでお前に死なれたら俺の社会的立場は抹殺される」

「言ってみただけ。聡太郎さんを残して死ぬわけないじゃないか。俺好みの淫乱エロ教師にするんだから!」

愛と性欲がイコールで繋《つな》がる年頃か。けどまあ、今だけならそれでもいいか。

「気持ちが届くのに時間がかかるなら、まずは先に体、だよね」

「なんだよそれは……っ、あっ、ぅんんっ。そこ、そこ……っ」

文句を言おうとしたら愛撫を再開されて、頭の中に快感の火花が飛び散った。もどかしいのに気持ち良くて、勝手に腰が揺れていく。

「聡太郎さん、凄く可愛い。気持ち良くて腰が揺れちゃうんだ。俺に玉を弄られるのがそんなに好きなの？」

「知るかよ……っ、お前に弄られて、気持ちがいいの、知ったんだから……っ」

「ああそうでした。嬉しいことが続いたから忘れちゃってたよ。乳首も一緒に弄ってあげるから、気持ちのいい声を俺に聞かせて」

弄るなんて優しいものじゃなかった。乳輪ごと痛いくらいに強く吸われて、歯を立てられる。何度も噛まれて痛いはずなのに、陰茎は萎《な》えるどころか硬く熱いままで、先走りはシーツまで濡らした。

胸が傷みでジンジンするのに、乳首を甘噛みされると気持ち良くて死にそうになる。しかも強弱を付けて玉を揉まれて、高まった快感に体の中が疼いて仕方がない。

早く射精したい。

その気持ちが伝わったのか、ぺろぺろと胸を舐めていた瀬野が顔を上げ、笑みを浮かべた。

「聡太郎さん、射精するところを俺に見せて。散々弄ったから、たっぷり出るよね？　俺の見ている前で、いやらしい精液、いっぱい出して」

「あ……っ、そんなことっ、できる、か……っ、ひっ、ぅんんっ！　ああ、そこはだめだっ、だめ、そんな強く揉まないでくれ……っ、や、やぁ……っ」

瀬野の筋張った長い指が、苦痛を感じないギリギリのところで鈴原の陰嚢を弄《もてあそ》び出す。

くにくに、くにくにと中身の位置を確かめるように指をバラバラに動かして責めた。

「あああっ、あっ、も、こんなところが……いいなんてっ、俺は知らなかったんだからっ、なあ、もう、だめっ、あっ、んんっ、ふっ、ひゃぁああっ」

「俺が扱いてあげるから、ね？　腰を突き出して。うん、素直だね。ここが空になるまで、ずっと扱いてあげる」

ふにゅ、と陰嚢を軽く揉まれた。

はしたない恰好で生徒に陰茎を握られて、強制的に射精させられる。

今まで散々我慢した分、その瞬間は呆気《あっけ》なくやってきた。

耳元で「教師なのに、生徒にちんこを扱かれて射精させられるってどんな気持ち？」と囁かれ、耳に舌を差し込まれたところで、絶頂に到《いた》った。

そういえばここのところ自慰をしていなかったからか、量が多かった。瀬野の手を汚すだけでなく鈴原の胸までたっぷりと飛んでしまった。

「は、ふ……っ、ちょっと、休み……っ、あっあああっ！　なんでまた扱くんだよっ！　俺もう射精したっ！」

「どうしようもないエロい顔を見たいんだ。それに聡太郎さん、まだ出せるよね？」

達したばかりの敏感な亀頭を掌で擦られて、「ふああ」と情けない声が出る。

「今度は乳首だけで射精できるんじゃない？　ね？　聡太郎さんのおっぱいを俺に任せて。立派に育ててみせるから。可愛い淫乱ちゃんにするから」

「あっ、ひ、あっぁぁああっ！　乳首だめっ」

瀬野の指が、鈴原の乳輪をマッサージするように精液を塗りたくる。

射精した直後に乳首を触ると、感じすぎて苦しいから、自分では絶対にやらないのに。

半勃ちだった陰茎がすぐに硬さを取り戻した。

「今度は俺も一緒に射精していい？　我慢するの、そろそろ辛い」

ジャージから現れた瀬野の陰茎は、きれいな顔に似合わず大層ご立派なもので、鈴原は思わず素に戻り「なんだそれは」と訊いてしまう。

「それなりに使ってるから、まあ、そんなもん。でも聡太郎さん。俺のちんこはたった今からあなた専用ですので、末永くよろしくお願いします」

「そこで敬語を使うなよ」

「聡太郎さんも、俺のちんこに興味あるよね？　ね？」

本当は、もの凄く興味があるが、それをここで言ったら負けるような気がして、鈴原は問いかけを無視した。

「聡太郎さんの乳首を弄りながら二人で気持ちよくなるって考えたら、やはり素股かと」

そんなこと真面目に考えるより、強制的に快感を与えられて疼いている体をどうにかしてほしい。

「こら、修弥……っ、さっさと、しろ」

「名前を呼んでくれて嬉しい…っ」

どうせ、名前を呼び合うのも今だけだ。

明日から乳首を触られないよう慎重にガードすれば、瀬野の好きにさせないですむだろう。

ったく。卒業するまであと半年ぐらいだろうが。なんで待てないんだよ。俺は、教師と生徒のうちは、だめだって言ったよな？　それに、卒業まで待ってくれれば、俺だってもっと素直になったのに。なんでそう、焦るんだ。

鈴原は、嬉しそうに自分にのしかかる瀬野を見ながら、心の中で「このガキ」と悪態をついた。


正直に言う。

こんな気持ちのいいことがこの世にあるとは知らなかった。

そして瀬野は、さすが慣れているだけあってリードが上手かった。これは同性としてちょっと腹立たしい。

乳首と陰茎を同時に刺激されて達したあと、今度は本当に乳首だけを延々と嬲られた。

痛いから許してくれと、涙目でお願いしてようやくやめてもらったが、きっと明日は腫《は》れているだろう。

「聡太郎さん……明日もまた、乳首を吸わせてくださいね。あと、玉も揉みたい。柔らかくて可愛かった」

モデルの決め顔でそんなことを言われたが、鈴原は頷かずに「消灯過ぎてるぞ」と言って彼を追い出した。

部屋を出る間際に一度やったら百回やったも同じと、瀬野は言った。

確かにそうだろう。だが、鈴原はまだ合意していない。あえて言う。今夜の出来事は「事故」だ。それも出会い頭の衝突事故だ。

鈴原は避けようがなかった。だからこうなった。

教師と生徒の間には、尊敬と信頼以外の何も芽生えない。その気持ちに戻る。瀬野が迫って来ても、今度は断固拒否する。泣きつかれたら……可哀相《かわいそう》だとは思うが、拒否する。

瀬野が卒業するまでは、「生徒と教師」という戒《いまし》めは絶対に外せない。

これは鈴原の教師としてのけじめだ。

「ゲイだからこそ、モラルを大事にするんだよ。ほんとお前の猪突猛進《ちょとつもうしん》さはマリリンと同じだな。……………修弥」

最後に瀬野の名前を呟《つぶや》いてみた。結構……胸にくる。甘酸っぱい物が胸の奥から湧き上がる。

「くっそ……」

戒めがなければ、俺たち両思いじゃないか！　くっそ！　俺にだけいろいろ我慢させるんじゃねえよ！

苦しい胸を両手で抱え、鈴原は精液臭いベッドに転がった。


生徒会と各部の部長会議で、「山桜祭」の出し物がようやく決まったと、午後のロングホームルームのときに文化祭のプログラムが配られた。

キャストとしてゲストをもてなすのは一、二年生で、受験を控えた三年生はゲストとして楽しむ側にいる。この伝統は今年も変わらない。

ただ、三年生の中にも「学校生活を現役で駆け抜けたい」という者もいて、その場合は自由参加となった。

瀬野は今年はゲストとして楽しむことにする。

……聡太郎さんと二人で校内を見て回って、「ちょっと休みましょう」と言って空き教室に入って、そこでエロいことをするのもありだな。ぐっとくるな空き教室。体育館の倉庫とか、準備室とか、理科室……卒業するまでに、聡太郎さんといろんな場所でがっつりエロいことをしたい。いやする。そうすれば、俺が卒業したあとも寂しくないはずだ。と言うか、これはどう考えても浮気防止もかねてるよね。俺って嫉妬深いヤツ。

思わず緩む顔を、頬杖《ほおづえ》をつくことで辛《かろ》うじて阻止する。

「ほんの束《つか》の間だが、羽を伸ばすことはできるだろう？　他校の女子生徒を堂々と招待できるんだから、余計なモノは作らずに輝かしい思い出を作れ」

鈴原の言葉に、「さすがに子供は作りません」「先生、ロマンティスト」と笑いの交じった野次が飛ぶ。この程度のことで教師が怒ることはない。

「何言ってんだ。あと十年もすれば『あの頃は楽しかったな』って言うんだぞ、お前ら」

「先生だって学校を卒業して十年も経ってないのに～」

鈴原は笑い返してから「では今日はここまで。あと寮生！　寮からひと言来てる。週末に外泊する奴で、正式申請していない奴はさっさとやっておけ。仮申請だけじゃ家に帰れないからな？　分かったな？」

生徒たちは「はーい」と元気よく返事をし、日直が「起立！」と声を上げた。

瀬野はちらりと鈴原を見たが、彼とは視線が合わなかった。

昨日の今日で、いつものように話ができるとは思わなかったけれど、こうも自然に避けられてしまうと辛い。

やっぱりあれはやりすぎだったのかな。でも、聡太郎さんも気持ち良くなってくれたし。ほんと、別に内緒にしていれば問題ないのに、どうして俺と付き合ってくれないのかなあ。俺のことは嫌いじゃないと思うんですけどね……。だいたいそんなにこだわることかよ。俺は聡太郎さんと、恋人としてこの校舎にいっぱい思い出を残したいんですーっ！

心の中でありったけ叫んで、じっと鈴原を見つめるが、彼はついぞ瀬野を見ることはなかった。

くっそ！　と、心の中で悪態だけが増えていく。

生徒たちは、いつものようにぞろぞろと教室から出て行く。「今日の寮の晩飯なにー？」「たしかカレー」という声が聞こえた後に、あちらこちらから「やった！」と小さな歓声が上がった。思わず瀬野も「やった」と喜ぶ。

「今日は何しようかなー。部活ないし」

吉竹が「ゲームか読書か勉強……」と言いながら腕を組んだ。

ホームルームが終わると、教室は途端に放課後の空気になる。早くも、いつもの彼らを残して、教室はがらんとした。

「やることないから勉強かな。あー……でも、母親から文化祭のことを聞かれてたんだ。家族枠で招待しないと」

和久井が面倒臭そうに言って、ふぅとため息をつく。

「だよなあ。他校の女子高生を招待とか……するわけないじゃん。どんなに人気があっても、チケット買って入ってくれって話だよね。うちは両親揃って見学にくるって」

もういっそ、両親を呼んで「俺の恋人」と紹介してしまおうか。無理だけど！　無理なの分かってるけど！

瀬野は心の中で駄々を捏ねながら、サブバッグの中から学校の購買で買ったメロンパンを取り出して大口で齧《かぶ》り付く。

「今年も凄いんだろうな、山桜祭。あー……瀬野は頑張って逃げ切れ」

吉竹は、去年の「瀬野君を探して、外部女子が大騒ぎ事件」を思い出し、ニヤニヤと表情を緩めた。

「飲食系の出店は軒並み黒字だったんだよな。お腹を空かせた女子たちが食べ回ったから。今年は最後だから……ガンバレよ瀬野」

和久井も、ニヤニヤ笑いが止まらない。

「あれは、雑誌が『さんおー』の文化祭の日付を載せちゃったから。今年は招待と整理券制だから問題ない。ＳＮＳでも、『周りの迷惑になるから、みんな気を付けて楽しんでね！』って呼びかけてるし」

去年の山桜祭は楽しかった。最後はハチャメチャだったけど。

最終的に大勢の女子が男子校に入ったことで、結構な数のカップルができあがったらしく、実は今年も瀬野が目当ての女子たちの来場は密かに歓迎されている……らしい。

「まあ、もしものときは、みんなが助けてくれるさ。瀬野は女子を呼んでくれる神様みたいな存在だから！」

吉竹が両手を合わせて瀬野を拝んだ。

その仕草が大げさで、瀬間は思わず笑ってしまう。

「……そういや瀬野は、雑誌の食べ歩き特集にも載ってたな」

和久井が、メロンパンを頬張る瀬野を見て思いだしたように言った。

「うん、載った。いろんな店を山ほど回って、食べられるだけ食べてきた。フードコーディネートをしてくれたのが、吉松勇生《よしまつゆうき》っていうフードライターさんで、メッチャ旨くて安い店をいっぱい教えてもらったから、外出許可とってみんなで行こうぜ」

「俺！　その吉松って人知ってるわ！　相互フォロー！　ほれほれ！」

吉竹が、瀬野と和久井に携帯電話の画面を差し出した。確かに、ＳＮＳで、吉松と吉竹が繋がっていた。

「俺も食べるのが好きだから、この吉松さんって人に結構話しかけてたんだ！　そしたら仲良くなった！」

吉竹は、自分が気になった人間には物怖《ものお》じせずに積極的に話しかけていくので、友人知人が多い。聞けば、ここの卒業生でもある吉竹の父親もそうだったらしく、立派な遺伝だと知った。

「お前、そういうところが凄いよな。将来役立ちそう」

和久井がしみじみ言うと、吉竹は「実家を継ぐために必要ですから！」と胸を張る。

「あー……吉竹の実家はホテル経営だっけ？」

瀬野が「一度撮影に使わせてもらったよ」と付け足した。

「俺、経営とか折衝が好きだからさー、ホテル経営も向いてると思うんだよね！　俺の代であと五つは増やしたい！　リゾート地大好き！」

吉竹はそう言って、「俺もお腹空いた」と制服のポケットからチョコレートを取り出して食べる。

「瀬野はどうすんの？　どの大学に行くかは決めてるんだろう？」

和久井に言われて「まあ、いくつか考えてる」と答えた。

本当は、どこに行こうかまだ迷っている。「いくつか」と言ったのは、自分の学力で問題なく行ける大学、という意味で、そこに行きたい理由が他にない。

「俺はこのまま、山桜大の医学部に行くよ。兄さんたちもいるし」

和久井の実家は専門医療をメインに行っている病院で、家族全員が医学部か医療従事者だという。

「え？　何科に行くの？　やっぱ外科？　外科カッコイイよな！　心臓外科とか脳外科とか！」

語感だけで決めつける吉竹に、和久井は「形成に行きたい」と言った。

瀬野は吉竹と顔を見合わせ、頭の中で漢字を当てはめてから「ほほう！」と頷く。

「和久井はそっち方面かー。頑張れよ！　そして何かあったときにはよろしく！」

吉竹は和久井の肩をバンバン叩きながら笑顔で言った。

「まったく吉竹は物騒なのか無邪気なのか分かんないや。……で？　瀬野はどうすんの？」

「え？　俺？　部活しないで今日は進路の話だっけ？」

友人たちのように何も決まっていないので、自分に話が振られるのは勘弁してほしい。

すると吉竹が「瀬野はあれだ！　将来はハリウッドだな！　そんで、うちのホテルを宣伝する！」と言った。絶対にたった今思いついたことだろう。

だが和久井も「あー……うんうん、納得かも」と笑顔で頷いた。

「あー……そこまでは考えてないよ。ずっとこの業界にいるか分からないし。でも、そのハリウッドっていうのはいいよな。大学に入ったら語学と演技の勉強か……悪くない」

自分で言いながら、笑ってしまう。

なんか俺、やる気が出てきたよ。馬鹿みたいだけど、こんな風に将来について考えるのもいいかもしれない。

なにより俺には、この顔とスタイルがある。

「いいね、そういうやる気は嫌いじゃない。……というわけで、俺も腹が減ったので寮に帰るわ。昨日、実家から米とレトルト食品が送られてきたんだ。食べる？」

和久井が笑顔で立ち上がる。

「米」の言葉をスルーするはずがない。

瀬野はいつもの三倍は表情をキラキラさせて「もちろん！」と笑顔を見せた。吉竹も「寮食は旨いけど、でも和久井の炊いたご飯も食べる！」と瀬野に続いた。

「そうすると、明日はいつもの倍は歩いておくか。土曜だし、ハイキングにする？」

瀬野の提案に、和久井と吉竹は深く頷く。

いくら育ち盛りと言っても、食べてばかりでは怠惰《たいだ》な体型になる。それを回避するために彼らは明日のプランを練りながら寮に帰った。

寮監に挨拶をして寮に入り、広い玄関で靴を脱いで、職員／鈴原と書かれた自分の下駄箱から内履《うちば》き用のサンダルと職場用のウイングチップの革靴を交換して履く。

「はー……足が楽～」

すると、一年三組の担任である佐藤《さとう》が、隣から「分かります」と笑いかけてきた。

佐藤は世界史の担当で、ガッシリ熊系の体格のわりにはとても可愛らしいものが好きで、有名ファンシーショップのボールペンやトートバッグを愛用している。

「鈴原先生は、週末は外出？　いや、外泊かな？　な～んてね、あははっ」

「洗濯して、部屋でゴロゴロしてますよ。あー……買い物には行くかな？」

何の変哲もない、いつも通りの週末だ。

「僕もゴロゴロしているかな？　……でも、今回は紅茶の本とティーカップを買いに行こうかと」

途中まで笑顔だった佐藤が、紅茶のくだりから真顔になる。

聞いていた鈴原も真顔になった。

「そうか、佐藤先生は今年初めてなんですね。一緒に頑張りましょう」

「今から緊張してるんですよー。生徒たちを相手にちゃんとサーブできるかな～」

「大丈夫、偉そうなウェイターの方が喜ばれます。今年のテーマは、確か教頭先生が決めると言っていたので、週明けには分かると思いますよ。ちなみに去年は着物でした」

山桜高校の教師たちは、文化祭期間中に毎年カフェを出す。

五年前に「教師も何か参加したいねえ」という校長のひと言で始まったのだが、これが父兄どころか生徒にまで人気となり、今年も山桜高校の公式ＳＮＳに校長が「山桜祭で、教師のカフェが登場します」と書き込むと、「楽しみにしています」と大量のリプライがあった。

「うう……緊張するなあ」

佐藤は表情を強ばらせ「ではお疲れ様でした」と言うと、鈴原よりも先に食堂の前の廊下を通って職員棟へと歩いた。

去年は着物姿で面倒だったから、今年はもっと楽なのがいいな。スーツでウェイターするのでイイと思うんだが……。でもまあ、なんだかんだで楽しいからいいか。できれば、楽しいことだけ考えていたい。

鈴原がそう思うのは仕方がない。

とにかく今は、瀬野とできるだけ顔を合わせたくないのだ。彼の顔を見てしまうと、どうしても昨日の自分を思い出してしまう。朝、出勤するまでは「どうにかなる」だったのに、担任である五組のクラスに入った途端、どうにもならないことが分かった。

瀬野に見られているだけで、体が勝手に熱を持つ。

お陰で、授業に集中するのに時間がかかって大変だった。

「だから俺は、教師と生徒のうちは、何もしたくなかったんだよ。あの馬鹿……」

小声で悪態をついて、食堂前の廊下にさしかかったところで、元凶《げんきょう》と鉢合わせをした。

「聡太郎……じゃなくて鈴原先生。お帰りなさい。……あの、今日一日、よくも俺を無視してくれましたね。俺、いい生徒だったのに」

なぜか瀬野はエプロンをつけて、手にはプラスチック容器を持っている。

「お前……よくも昨日の今日で、俺に親しげに話しかけられるよな。腹が立ってきた」

「俺はちゃんと腹をくくってますからね。いくらでも話しかけるし、昨日みたいなことだってもっとします」

「……俺はそんなつもりはない」

一歩後退《あとずさ》ると、瀬野が一歩前に出る。

「エロい体を持て余すのはよくない。……ところでその淫乱乳首はどうしてるの？　シャツで擦れない？」

「絆創膏で…………」

言ってから失敗したと思う。なんで俺はいつもこうなんだ。

案の定、瀬野は目を輝かせて「え？　見せて」と詰め寄ってくる。

「誰が見せるか」

「……わかりました。自力で見ます」

そういう真剣な目つきは、授業中かテストのときにしてろっての。

鈴原はため息をつき「絶対に阻止する」と言い返した。

「だったら、今度可愛い絆創膏を持って行きます」

「いるかよ」

可愛い絆創膏をつけて、万が一柄が透けて見えたらどうするんだ！　俺が乳首に絆創膏を付けてるのが一発で分かるじゃないか！

好きだと告白をしてくるなら、そう言うところにも気を遣えと、鈴原は心の中で悪態をつく。

「あー……じゃあ、これ。これならもらってくれる？　和久井の実家から米が送られてきて、それでおにぎり作ったんです。めっちゃ米旨いから、先生に差し入れしようと思って」

瀬野が容器の蓋《ふた》を開けると、中から米と海苔のいい香りがした。食欲をかき立てる魔性の匂いだ。匂いだけで旨いと分かる。

「和久井と、吉竹も一緒だったのか？」

「そうです」

「お前ら本当に仲がいいよな。性格みんなバラバラなのに。……ありがとう。食べものに罪はないから受け取っておく」

「なんですか？　まるで俺が罪だらけみたいな言い方して」

「そうじゃないか。じゃあな。容器はあとで寮監に渡しておくから受け取ってくれ」

こいつは俺より背が高いのに、わざわざ小首を傾げ、腰をかがめて上目遣いで俺を見る。その顔がめちゃくちゃ可愛いからやめろ、ほんとに！

鈴原は眉間に皺を寄せて瀬野を睨む。

「あんなに気持ち良くなってくれたのに……」

今にも泣きそうな顔で、唇を震わせるところは、ここが食堂の前でなかったら抱きついてキスをしたいくらいだ。

でもなぜ鈴原がそれをしないのか、瀬野は分かっているはずなのに。

「どうして、俺と先生の気持ちはいつもすれ違うんだろう……。どうして俺の気持ちを分かっ

てくれないんだろう……」

いきなりポエムはやめろ。他の寮生が変な顔をして通り過ぎてるぞ。

まだ夕食ラッシュではないが、教師と生徒が食堂前の廊下で話をしていれば目立つだろう。

ここで瀬野の不用意なひと言でバレてはいけない関係がバレる可能性もある。

「瀬野、おい」

「俺の悩みはいつも尽きない……」

「奇遇だな。俺もだよ。ほら、ここで突っ立ってると他の寮生に邪魔だ」

付き合ってやるのはここまでだと、鈴原はきびすを返す。

その背中に、瀬野が「俺、週末は撮影なので、美味しいお菓子を買って持って行きますね！」とさっきとは打って変わって楽しそうに声をかけた。

お前、さっきまでの殊勝な態度は演技かよ！

鈴原は意地でも振り返らずに、おにぎりの入った容器を持って自分の部屋に向かった。

「俺の演技力は、結構なものだと思うんだけど……」

瀬野はベッドに寝転がりながら、床に胡座《あぐら》をかいてファッション雑誌を見ている和久井に言った。

「うん。でもさ、公共の場で押すよりも二人きりになれる場所で押す方がよくないか？」

「寮生がうろうろする場所の方が、聡太郎さんは俺の話を聞いてくれそうだったから」

「まあね、目立つ瀬野が大声で騒いだらめちゃくちゃ注目されるだろうし……って、その、聡太郎さんってなに？　名前で呼ぶことを許してくれたの？　スズセン」

和久井が雑誌から顔を上げて、意外だなという顔をする。

「昨日、ひょんなことから急接近した。そのときにちょっとな……ふふふ」

「なあそれって、俺のお陰じゃん！　俺が、鈴原先生に晩ごはん持って行けば？　って言ったからだろ？」

パーティションの向こう、和久井エリアから顔を出して会話に入って来たのは吉竹。手には少女マンガを持っている。

「ちょ、吉竹〜。乱暴に扱わないで。あと、見るときにお菓子食べたら殺す」

「食べかす零してないから！」

「『君と二人なら無敵』の最新刊には、ポテチのカスが入ってた！　あと、油染みもあった」

「ちゃんと買い直したじゃん！」

「初版がまだ売っていてよかったと思え。あと、その今口に入れてるのは何？」

鋭い視線の和久井に、吉竹は「アメです〜」とムッとした顔で言い返した。

「ならいいや。…………で？　瀬野はスズセンとキスした？」

淡々と尋ねる和久井の後ろで、吉竹が「俺の話を聞け！」と頬を膨らませる。

「した。なのに…………何も伝わらなかった。俺と聡太郎さんの気持ちは離れすぎている。どうしたらいいんだよ……。いろいろといっぱいしたのに」

瀬野はベッドの中で転がり続けた。

「気持ちが離れすぎてるってことだけは分かったと」

「瀬野が振られるって……こんな珍しいこともあるんだな。すげー！　スズセン！」

「ちょっと二人とも！　俺はまだ振られてませんからっ！　俺のことが本当に嫌いだったら、何があっても拒絶するだろっ！　それがなかった！　『やった、これで恋人同士だ』と思ったのになんで、最終的に『消灯時間が過ぎてるぞ』で部屋から追い出されるわけ？」

昨日は俺の名前を呼んでくれたし、いっぱい可愛い声出してくれたのにっ！

瀬野は「こんなに苦労する恋になろうとは……」と、低く呻いた。

「お前とスズセンの気持ちはどれだけ離れているんだろう。それは訊いたのか？」

和久井の言葉に頷きながら「生徒と教師の間はだめって言われた。意味が分からない」と言う。すると和久井は大きなため息をついた。

「なんでそれで分からないのかなあ。瀬野ってそんなに馬鹿だっけ？」

「分かってるよっ！　聡太郎さんが何を言いたいかなんて分かってる！　初めて告白したとき

から分かってる！　でも、俺は高校生なんですよ！」

呆れる和久井の前で、瀬野はだだっ子になった。

「恋人同士になって、それで、校内の至るところで、いや、寮でもできるけど！　めくるめく限りないエロを追求したいんだよっ！　教師と生徒の組み合わせじゃないと、これってできないんだからっ！　背徳感がたまんないって！」

「気持ちは分かるけど落ち着け」

「ああうん、教師と生徒はいいよな。滾《たぎ》る！　ぐっとくる！」

笑いを堪える和久井に、吉竹は心の底から同意する。

「みんな分かってくれてありがとう！　でも、聡太郎さんはだめだって……卒業するまで待って、何があるんだよーっ！」

するど和久井が「自由、かな？」と言った。

「自由……？」

「だってほら、卒業すれば、瀬野は『元教え子』ってだけで、教師と生徒の枠から解き放たれるわけ。スズセンも、現在進行形の教え子に手を出さなくていいと思ってんじゃない？　あの人、そういうところ凄い真面目そうだしさ」

「わっくん……俺は、教師と生徒のシチュエーションだけにこだわって、生徒のうちに聡太郎さんと恋人同士になろうと思ったわけじゃない。いや、そういう気持ちはもの凄くあるけど、

『今すぐ恋人にしたい』っていう要因の中の、一つであって……」

「ほほう」

話を聞こうじゃないかと、和久井と吉竹がベッドに上がってくる。

「ちょっ、近い！」

「だって床は冷えるし」

「尻も痛くなるし！」

どこか冗談めいているが、友人たちの眼差《まなざ》しは真剣だ。瀬野は正座をして「いつも話を聞いてくれてありがとう」と頭を垂れる。

「気にすんなって」

和久井が笑う。

出会ったあのときは、こんなに仲良くなると思わなかった。

入寮の際に、宅配で送った段ボールの一つが壊れて中から少女マンガが溢れ出て、他の新入寮生から「うわ〜」「ないわ……」と思いきり引かれて、一人で黙々と本を掻き集めていたときに「俺の従姉《いとこ》も、そのマンガ持ってる。読ませてもらったけど面白いよな」と話しかけた。

きっかけはそれだ。瀬野が片づけを手伝いながらヒロインについて語り出したので、和久井も警戒心を解いて打ち解けた。

部屋番号を聞いたら自分のルームメイトで、そこからの付き合いだ。だから和久井は、二人の出会いを訊かれるといつも「微妙な縁」と言う。

「今更だよね！」

吉竹が胸を張る。

吉竹は入寮のときに、自分の力で荷物が運べずに台車を借りる順番を待っていた。コミュニケーション能力の塊《かたまり》であっても、自分で一つも運べないことにコンプレックスがあったらしく、「先に貸してくれる？」と言えずに、馬鹿正直に待っていた。そこに現れたのが荷物を運び終えた瀬野で、「隣の部屋なら、まあ、ついでだし」と言って、和久井と二人で荷物を運び入れたのがきっかけだ。

今も腕力は大したことがないが、吉竹は「あのとき、瀬野が俺をからかわずに声をかけてくれて泣くほど嬉しかった。友だちできたって思った」と親しくなってから語った。

吉竹も、自分のコンプレックスに関わることなので、瀬野との出会いは「微妙っ！」と言う。

そんな瀬野も、二人と友人になれたのがとても嬉しく、そしてありがたく思っていた。

「俺たちがゲイのお前を気にしたことがあったか？　これからも、今まで通り引き続き応援するから頑張れよ」

「そうだよ！　芸術系はゲイが多いって言うし、男女両方の気持ちが分かるって凄いと思う！」

「え……？」

あ、いや、ちょっと待って。確かに俺は聡太郎さんが大好きで、恋人になりたいと思ってるけど、でも俺、ゲイじゃない……。

瀬野は首を左右に振った。

「唯一、心の底から好きになった相手が男だっただけ！　俺、聡太郎さん以外の男は抱けないから！　そこんところを間違えないでくれ！」

するとと和久井と吉竹は「そんなことってあるのか？」「凄いな！　奇跡？」と目を丸くする。

「だって……いや俺、今まで女子に困ったことないし、それに、年上のお姉さんも好きだったし、まあこの通りのキラキラした美形だから仕方のないことなんだけど。男の人からも誘われたことあるけど、それに関してはキッパリと断ってきたんだ。女子が大好きだったから。そんな俺が、聡太郎さんに一目惚れして現在に至ります……」

正直に言ったのに、この部屋を取り囲む空気がじわじわと冷えてきた。

「結果的にスズセン一筋っていうのは分かったが、今、イラッと来た。イラッと」

「俺も！　是非とも今度、黒髪ポニテの小さくて可愛い女子たちと合コンを希望！」

「ちょっとクールで彼氏の前でだけデレて、少女マンガが大好きで、将来ドクターか看護師になりたい女子がいい」

「和久井は具体的すぎて、ちょっとキモい。喋らなければクールでカッコイイのに、そういうギャップはキモイ」

「吉竹だって、自分の趣味丸出しじゃないか。なんだよその、黒髪ポニテって」

「いやいやいや、揃えるから。いくらでもそういう子たち揃えるから、喧嘩《けんか》はやめて〜。俺のために二人とも争わないで〜」

　笑いを堪えて真顔で言うと、二人とも「分かればいい。女子よろしく」と言って笑顔になる。

「しかし、うん、いや……そうか、俺は二年と半年ほど、瀬野のことを完全無欠のゲイと思っていたわけか……」

「俺も。スズセンが好みだなんて、ちょっとマニアックかもとか思ってた」

　あー……うん、やっぱりそう思いますよねー。相手は年上だし、華奢《きゃしゃ》でも美人でもない、「カッコイイ」という単語が似合う教師だもんねー。

　瀬野は「あはは」と軽く笑う。

「俺は恋人と文化祭で楽しい思い出を作りたい。定番だろ？　だってもう、二年のときの修学旅行じゃ、俺は熱を出してずっとホテルの部屋で寝てたし、去年の文化祭は忙しくてそれどころじゃなかったし」

　言えば言うほど、切ない記憶が蘇《よみがえ》る。

「でも、今年の体育祭はいい思い出ができたじゃないか。あれはなかなか恰好良かったぞ、借り物競走」

「スズセンと二人で、手を繋いでゴールしたヤツな！　あれは三組との接戦だったから、みんなで燃えた！」

和久井と吉竹が頷きながら、声を揃えて「恰好良かった」と言った。

「あれは……俺の借り物が『クラス担任』だったから……だから俺に協力してくれただけで……でも、聡太郎さんの手を握ることができて嬉しかった……！」

「健全な思い出だな。あのシーンは卒業アルバムに載るだろう」

卒業アルバムという、和久井が発した単語が胸に痛い。

「今のまま卒業したくない……。聡太郎さんに『イエス』と言ってほしい。そうでないと、きっと俺は忘れられる。俺より綺麗で俺より可愛い新入生が入ったら、この俺の立場は！」

俺だって常に魅力的でいられるように努力するけど！　でも、物理的な距離はどうやっても縮まらないだろっ！　遠くの恋人より近くの他人って言うじゃないか！

瀬野は両手の拳を握り締めて、「理性より感情が優先されているって分かってるけど、どうにもならない」と、掠《かす》れた声で言った。

「あと、約半年、待てないのか？」

「待てない。このまま受験したら失敗するかも」

「おい、物騒なことを言うなよ。あと、それでスズセンを脅《おど》すなよ？　恋は芽生えずに終わるぞ？　キラキラモデル」

「分かってる……。それは破壊の呪文だって分かってる」

和久井の忠告に、瀬野は唇を尖らせて言い返す。

だが、吉竹は「んー……」と軽く唸《うな》って首を左右に振った。

「成り行きでいいんじゃないか？　そのときの流れに任せる。なんとなく、そんな雰囲気に持って行って、スズセンを流せばいい」

「お前な、吉竹……そんな、トイレみたいなこと言うなよ」

和久井は突っ込みを入れてから、自分のセリフがツボに入ったらしく、肩を震わせて笑う。

「何笑ってんの？　俺、真面目に考えてんだけど？」

「ごめ……っ、ふひっ」

「もういい。和久井は笑ってろ。……で、瀬野。スズセンを流して流して流しまくって、瀬野修弥という愛の大海まで押し流せ！　そうこうしてるうちにはい卒業！　だ！」

「たけちゃん……天才かよ……。俺、そんなゆるゆるで行き当たりばったりなこと、考えたことなかった。教師と生徒という特別な関係から恋愛して俺を一生忘れないで。そして一生恋人でいてって、きっちりプレゼンして、『だから卒業前に先生と恋人同士になりたい』って言おうかと……」

瀬野は素直に感心するが、吉竹は「それ本気で褒めてる？」と眉間に皺を寄せて疑問を投げかける。

「褒めてる！　そうか……ゼロか百かの考えじゃなくてもいいのか……そうか、流れるところまで流して行けばいいのか！」

「そう！　途中で詰まらせるなよ！　瀬野！」

吉竹が元気よく言った横で、和久井はまた「ぶふっ」と噴いてしまった。

寮に外泊届けを提出して、寮に戻るのは日曜の夜。

久しぶりに実家に帰った瀬野は、休む間もなく都心のスタジオで仕事をしていた。

「瀬野く－ん！　今回も最高！　というか、やっぱり自然の中で三年近く暮らしているとお肌の艶《つや》も違うねー。羨ましいわー」

ヘアメイクの石田《いしだ》が、会うなり「お肌触らせて～」と抱きついてくる。

「あんた、ほんと、誰にでも抱きつくんだから！　勘弁してよね」

スタイリストの間坂《まさか》に突っ込みを入れられても、石田は離れない。マネージャーの関《せき》が「またですかー。離れてください」と呆れ声を出しているが離れない。

「だって！　現役男子高生って美味しい！　高校生って響きだけで、すでにすべてに勝ってますよ！」

意味不明だと思われた石田の叫びに、スタッフの何人かが深く頷いている。瀬野は「この業界、底が見えない」と思いながら石田を笑顔で剥がした。

「今回の仕事はいつも以上に気合いを入れて。十八歳でソロモンオムの仕事が入るなんて凄いよ。瀬野君のキャリアアップだよ」

「ですよね。頑張ろう」

モデルだけではない、ＣＭの仕事もちらほら入って来ている。

進学せずに、このまま映像方面の仕事をしていくのもいいかもしれない。いずれは自分が撮る側に回ってみたい。

そんなことを思っていると、もう一人のモデルがスタジオに入って来た。

「おはようございます！　あ、瀬野君だ！　初めまして！　藍原《あいはら》実則《みのり》と言います。今日はよろしくね？」

長めの髪を乱暴に掻き上げながらの挨拶に、スタッフの数人が「カッコイイ」と声を上げる。

瀬野がキラキラ輝く王子様系なら、この藍原はクールビューティーな氷の王子。

「こちらこそ、よろしくお願いします」

初めて仕事をする相手のプロフィールは前もって確認をしている。

藍原のキャリアは申し分ない。国内モデルだけでなく、アーティストのプロモーションビデオに出演したり、「ああ、アレか」と誰もが知っているＣＭにも出演している。最近は、テレビドラマにも出ているらしい。

そういえばこの人、聡太郎さんと同い年なんだよな。まあ、どうでもいいけど。

よそ行きの笑顔で挨拶を交わしたところで、「瀬野君って、山桜に通ってるんだって？　俺も通ってたよ。ＯＢです。よろしくね」と爆弾発言をしたので「どうでもいい」は撤回した。

「え？　先輩だったんですか！　こんなところで山桜の先輩にお会いできて嬉しいです！」

「ホントだよ。懐かしいなあ。ところで数学の前田《まえだ》先生、今もいる？」

「いますよ前田マン！　あ、俺たちは前田マンって呼んでるんですけど」

「マジかーまだいるのか！　今年の山桜祭に遊びに行こうかなあ」

「是非来てください！　今年は整理券制なんですが、在校生の俺が招待します！」

山桜のＯＢは邪険にできない。それに鈴原と同い年ということは、クラスが被《かぶ》っていた可能性もある。高校時代の鈴原の話が聞けるかもしれない。

瀬野はそう思って、心の中で拳を振り上げた。

でも焦るなよ俺。いきなり聡太郎さんの話は振らない。仕事を終える間際に、思い出したように話をしよう。「俺の担任が藍原さんと同い年で……」と。それがベスト。

「瀬野君！　顔作るよー！」

「はーい」

瀬野は石田に呼ばれて、メイク室に入った。

ソロモンオムの服は、お値段が素晴らしいだけにどれもこれも着心地がいい。

何着か買い取りしたかったが、「高校生の俺にはまだ早いな」と思うことにして断念した。

しかし、マネージャーの関が「今回着用した分は、ソロモンオムからプレゼントだって」と言ってくれたので、ありがたくいただくことにした。

着れば似合うのは分かっているが、高校生でハイブランドでは、着ていく場所があまりない。

ジャケットを替えてまだ撮影があるとのことで、シャツとスラックスだけで椅子に座って待っていたところに、藍原が笑顔でやってきて隣に腰を下ろした。

「さすがは瀬野君。ソロモンオムを着こなしてるよね。背も高いし、高校生には見えないよ。男の俺から見てもカッコイイ」

外見はクールビューティーなのに、会話はフレンドリーでノリが良い。

瀬野は「ありがとうございます」と笑顔で返す。

「この業界だとさ、結構いろんな奴から声をかけられるでしょう？　男女関係なく」

「そうですね。でも俺は高校生なのでそこらへんは、わりとマネージャーさんが上手くやってくれてます」

「そうなんだ。よかったね。……ところでさ、一ついいことを教えてあげるよ。山桜にヤリ部屋あるの知ってる？」

なんだそれ、今知ったぞ！　というか、山桜は男子校ですけど！　え？　つまり、生徒同士でアレやコレを……？　なんて羨ましい！

瀬野は首を左右に振ってから、藍原に「詳細を教えてください」と輝く笑顔を見せた。

「あ、やっぱりノってきたね。俺たちがいた頃は、校舎一階奥の、渡り廊下横のトイレ。それと、特別教室棟の、総合準備室。みんなここを使ってた。俺もね、結構使わせてもらった」

「なるほど。どちらも今はないです。俺が入学する前の年に改装があって、それでなくなりました。学校に戻って話題にできないのが残念です」

するとと藍原が嬉しそうに目を細める。

「お？　そう言っちゃう。瀬野君は迫る方なの？　それとも迫られる方？」

「あえて言うなら迫る方、ですかね。どっちも経験ありませんが」

こういう性的なことに関しては、ボカしておく方が後々いいと事務所の先輩諸氏に聞いているので、瀬野もそれにならう。

「綺麗すぎると近寄りがたいのかな。俺はねえ……遊んでいた奴がいたんだよ。卒業するまでのほんの数ヶ月だったけど。アレはなかなかいい体験だった。いい乳首と雄《お》っぱいだった」

はい？　今、なんて言いました？　なんて言いましたか、あんたっ！

瀬野の背中に嫌な汗が流れた。

この男の下ネタは聞いておかねばと、そう思った。

「後学のために、一つ続きを聞かせてください」

「いや、これ、内緒だよ？　君が山桜の後輩だから言うんだからね？」

「はい」

「……俺って、乳首フェチなんだ」

うわ。真顔で言われた。うわー……この顔で「乳首フェチ」って言っちゃうのか。

瀬野は引きつつも感心する。

「で、高校のときに、それはもう、俺の理想の乳首と出会ったんだ。だからそいつに迫った。綺麗な顔が好きなのは知っていたから、ストレートに迫ったら成功したんだよ。それからは、もう、乳首様々の日々を過ごした」

もの凄く、とある人物を頭の中に思い浮かべたが、名前を言うのはやめた。

「最初から乳首が敏感みたいだったけど、結構調教？　っていうの？　できたんだよね。可愛かったな。もうちょっと頑張れば、乳首でイけちゃう体になったかも。勿体ないなあ。今はどこで何してるんだろうな……。クラスが違うと同窓会の日程も変わってくるから、卒業してから会えずじまいなんだ」

藍原はチラチラとこちらを見て言う。瀬野は嫌な予感がしたので「高校時代の思い出って奴ですね」で話を切り上げる。

なのに。

「俺の知ってる携帯電話の番号、変わってたら悲しいから連絡できなくて」

「……好きだったんですか？　恋人だった？」

「ううん違う。第一俺は貧乳は好きだけどゲイじゃないし。とにかく、あのエロ乳首が俺のすべてを狂わせたと言っても過言じゃない。いい乳首だったなあ……」

「そう、ですか。残念でしたね。いつか出会えるといいですね、その乳首に」

エロ乳首の持ち主が、自分のよく知っている人物だとは限らない。そうだとも。何と言っても、彼らが在学していた時代には、男子校なのにヤリ部屋があったのだ。女性教諭がいれば個人授業的なものも考えられたが、あいにくと山桜は創立当時から男性教諭しかいない。女性と言ったら購買と食堂のおばちゃんたちだけで、パート時間が終了したら素早く帰ってしまう。

とにかく、藍原たち以外にも、ヤリ部屋とやらを使っていた生徒や教師がいるということだ。そうでなければ「ヤリ部屋」という名は存在しない。

「最近、そいつを妙に思い出すんだよね。やっぱり、あそこで別れなければよかった。勿体ないことをしたと思うんだ。そのうち、昔の電話番号に電話をしてみるよ」

「ええ。それがいいと思います。頑張ってください」

「瀬野君って、ほんと……話には聞いていたけれどいい奴なんだね。俺、泣きそうだよ。この仕事が終わったらご飯食べに行かない？」

よし！　願ったり叶《かな》ったり！

瀬野は「喜んで」と言って、最高の作り笑顔を見せた。


土日の自炊は、もう堂に入《い》ったものだ。

独身男の自炊メシなぞ、旨ければ形などどうでもいい。

そのはずだったのだが……。

「俺はねえ、ぎょうざはやっぱり皮から自作するのがいいと思うんだ。そういえば、中国の茹《ゆ》でぎょうざを食べたことがあってね、その旨さと言ったらもう、天にも昇る心地でね。あんな旨いぎょうざは生まれて初めてだったよ。……で？　ぎょうざ以外は何を作る？　麻婆豆腐《マーボーどうふ》なら簡単だけど」

百均で買った大きなトレイに、高見の作った、皮のひだも美しいぎょうざがずらりと並べられていた。しかも皮までお手製だ。

半分はニラとニンニクが入り、もう半分はそれらを抜いてある。

「……さっきまで俺は、しいたけとタマネギと白菜とキャベツと長ネギを延々と刻んでいた気がするんですが」

「よくやった！　お陰でぎょうざの餡《あん》が早くできた。あと、このぎょうざは茹でる？　茹でよう。ね？　鈴原先生！」

「俺は別に、旨ければ茹でても焼いても……」

「よし茹でよう。あー……これ一品でいいか！　美味しいし、いっぱい作ったし！」

「高見先生が器用で羨ましい。俺は、こういう料理は苦手で。さっきも、サバ缶にネギと大根おろしを載せて醤油をかけて食べようと思ってたくらいで」

鈴原は小さな台所に立つと、備え付けの棚から鍋を取り出して、軽く洗って水を入れるとガスコンロにかけた。

「これ、出汁とか作らなくていいんですか？」

「うん。そのままでいい」

「今日は先に匂いのキツイのを食べて、明日はこっちの女子向けぎょうざを食べればいいか」

「あー……生徒に『先生、くさい』って言われるのはいやですもんね」

「うん。それに俺のイメージが崩れる。俺って、紅茶とスコーンとローストビーフしか食べてないと思われてるところがあってね。主に一年生になんだけど。夢を見すぎ」

残ったぎょうざの餡を器用に団子にしながら、高見が楽しそうに笑う。

あー……うん、分からなくもない。イギリス人の血を継いでいるっていう段階で、何かしら夢を見ちゃうよな。

鈴原は過去に、高見が学食でラーメンを食べているところを見て衝撃を受けたのを思い出す。

「夢見る生徒がいるなら、せめて卒業するまで夢を見させてあげようかなと。はい、この肉団子は、余った白菜と一緒にスープ煮にします！」

「おお……！　高見先生は何でも作れるんですね！　俺はそういうの下手くそなので尊敬します」

「ありがとう。尊敬ついでに聞いてもいいかな？　瀬野君と何かあった？」

なんで分かるんだこの人は。

鈴原は視線を泳がせて「いえ、別に」と当たり障りのないことを言う。生徒を押しのけられずに、淫行に走ってしまったなどと知られたくない。理性が欲望に負ける教師なんて最低だ。

「まあ、よく分かんないけど、真面目に考えすぎるのはよくないと思うよ。知られなければ大丈夫、ぐらいに思っておけば？」

「いや、しかし、相手は生徒で……」

「生徒に恥ずかしいことをされてしまう教師の俺っていやらしい……みたいなシチュエーションを楽しむのも有りではないかと」

「何を言ってるんですか！　そんな、そんなこと……っ、あああっ！　俺、教師なのに！」

高見の口から凄いセリフが出てきて、鈴原は顔を真っ赤にしてその場に蹲《うずくま》った。

「そういうところが、瀬野君はたまらないのかな。……鈴原先生は固すぎるから、瀬野君にいい感じに柔らかくしてもらうといいですよ」

「教師なんだから固くていいんです。俺みたいな男は、それくらい思ってないとだめなんですよ。今まで隠していたものが露見したら最悪だ」

「まあ、うん、ゲイの男子校教諭は、AVみたいだしね」

「それ酷くないですか？　俺は節操のあるゲイですよ。瀬野としかしてないし、多分、これからもそういうことがあるとしたら、多分……あいつとだけですよ。本当に、俺の大好きな顔なんです、瀬野は。見ているだけで幸せになれる。許されるなら一生見つめていたい」

蹲り、俯《うつむ》いたまま熱く語る鈴原を、高見は生温かい表情で見つめて「それ、両思いじゃないですか」と言った。

「そ、そうかも……しれませんが、あいつと俺の気持ちはずいぶんと、ズレていて、ちょっと無理です。それに……」

鈴原はゆっくりと立ち上がり、ニンニクとニラがたっぷり入っている方のぎょうざの載ったトレイを持つ。

「あ、待って。俺が茹でるから、鈴原先生はボウルに氷水を入れて待機」

「え？　氷水？」

鈴原が慌てているうちに、高見が使わなかったネギの青い部分を湯の中に入れ、ぎょうざを少しずつ投入していく。

「えっと……っ！」

冷凍室から氷を取り出して、水と共にボウルに入れる。

「もしかしてこれ、うどんみたいに水で締めるんですか？」

「まあね。そうすると、ぎょうざ同士がくっつかないでつるんとするよ」

「ほほう！」

菜箸でそっと掻き回しながらぎょうざを茹で、茹で上がったものをお玉でひょいひょいと掬い取って氷水に入れて軽く洗う。

鈴原は高見に言われるまま、氷水に入れたぎょうざをざるに入れていく。本当にぎょうざの皮がくっつかないで、プルプルしている。

「中は生ぬるくなったりしないんですか？」

「大丈夫。食べるのに丁度いい熱さになってるはずだ」

「素晴らしい」

鈴原が歓声を上げたところで、ドアがノックされた。一瞬びくんとするが、「こんばんは〜。佐藤です〜。よかったらご飯一緒にどうですか？」と声が聞こえたので、「どうぞ入ってください」と返事をした。

「おや、高見先生も！　今日はいい買い物ができました。それで、デパ地下で美味しそうな酢豚と春巻きを見つけたので買ってきたんですよ。みんなで食べませんか？」

茹でぎょうざに酢豚に春巻き。もちろん飲み物はビール。最高の秋の夕べだ。

ローテーブルを片づけて、大皿に茹でぎょうざを盛る。酢豚も皿に盛り、春巻きは丼に縦に入れた。

酢と醤油、そして大葉やショウガ、長ネギの薬味の入った小鉢を真ん中に置く。

高見が小皿に酢醤油と薬味を入れて混ぜたので、鈴原と佐藤もそれを真似する。

「では、乾杯アンドいただきます！」

高見の音頭で三人は笑顔で缶ビールを持ちあげた。

「これね、からしをつけても結構イケますよ」と、高見がチューブの練りからしを差し出す。

言われるままに、少しからしをつけて頬張ったら、口の中に天国が誕生した。

氷水で締めたから中は温いのかなと思っていたが、そんなことない。つるりとした弾力のある皮を囓ると、中から心地のいい熱さの肉汁と野菜の旨みがじゅわっと弾《はじ》け、それがからしと絡まって最高の味になる。

「やばい……、旨すぎて泣ける……」

今度は酢醤油と薬味で食べる。こちらもまた、醤油のアミノ酸がいい仕事をしている。最高に旨い。

「僕、茹でぎょうざって、ぶよぶよしてて苦手ってイメージがあったんですけど、これは美味しいですね！　そしてビールによく合う！」

「佐藤先生が買ってきてくれた酢豚も美味しいですよ！　あとこの春巻き、皮がパリパリ！」

「俺は酢豚にパイナップルは苦手なんだけど、これは美味しいなあ。パイナップルの爽やかな酸味と甘味が豚肉によく合う」

高見はレポーターのようなことを言って、酢豚を口に入れる。

「でしょう？　僕はここの酢豚と春巻きが大好きなんですよ～」

「俺も今度、外出したときに買ってみよう」

鈴原はまとめられたパッケージに視線を移し、酢豚と春巻きの店名を記憶する。

「ちょっとご飯も食べたくなってきたな」

佐藤の言葉に、鈴原が「おにぎり作りましょうか？」と提案した。

「うわっ！　鈴原先生嬉しい！　よろしくお願いします！」

喜ぶ佐藤の横で、高見が「俺もおにぎりください」と手を上げる。みんなに「はいはい」と笑顔で頷いていたら、再びドアがノックされた。

三人は一瞬顔を見合わせ、部屋の主である鈴原が「開いてます！　どうぞ！」と声をかける。

「あのさー、ちょっと作りすぎちゃったんで……って、うわっ！　高見先生と佐藤先生もいるのか。丁度よかった。肉じゃがを作ったんですけど、さすがにこの量を一人で消費するのは辛いので、みなさん手伝っていただけますか？」

二年の学年主任で数学を担当している高橋《たかはし》が、困った顔で笑いながら部屋に入ってきた。彼の和食料理の腕は素晴らしく、幾度となくご相伴《しょうばん》に与《あずか》っていた教師たちは、みな諸手《もろて》を挙げて歓迎した。

中華におにぎりに和食が揃い、「テーブルが足りない」ということで、佐藤が自分の部屋から折りたたみの小さなテーブルを持ってきた。

そこにまた、昆布のふりかけで作った即席のキャベツの浅漬け（高橋作）や、肉団子と白菜の野菜スープ（高見作）が並んで、なんとも豪華な週末だ。

四人は最初は旨い旨いと笑顔で腹を満たしていたが、ビールが進むにつれて生徒たちの話に変わっていく。

「ほんとねえ、いくら頭がいいと言っても、まだ十六とか十七なんですよ。子供なんですよ。なのに、大人の主張をしてくるから疲れますわー。まあ、それが可愛くもあるんですけどね」

高橋の言葉に頷きながら、高見が口を開いた。

「俺はこの間、『海外だと避妊するときにどんな風に言うんですか』って聞かれましたよ。そんなの日本も海外も一緒なんですけどねー。ちょっと待ってって言ってスマートに済ませる」

「あー、そういう話題も出ますよね。しかも寮生が多いからいろいろ妄想するんでしょうね！　僕はこの間、彼女と遠距離恋愛していたのに振られたって泣きながら相談を受けましてねー。一生懸命励ましましたよ」

それを聞いて、他の教師たちが「何それ可愛い！」と両腕を振り回して悶《もだ》える。

「養護の山田《やまだ》先生が聞いたら、転げ回って喜びますよね。あの人、面白い方向で生徒を可愛がってますから」

高橋はそう言って、ぎょうざを口に入れる。

「山桜の生徒をみんな愛してるよーって、公言してますからね。あれくらい開けっぴろげだと逆に安心できます。あと、あのゴツイ体がカッコイイですよね。いつかマリリンと戦ってほしい」

佐藤もなかなかのガチムチぶりなのだが、怒れる山の主であるイノシシ・マリリンに対抗できるのは、養護教諭の山田だけだろうと、みな密かに信じている。

「そういえば山田先生、一年の生徒から『世紀末覇者《はしゃ》』ってあだ名付けられてますよ。毎年のことながら、考えることはみんな同じなんですね」

笑顔の高見に、教師たちは肩をふるふると震わせて笑った。

「その山田先生は、今日は奥さんとデートだって。子供はご両親に預けてお出かけだそうだ。羨ましいなあ。嫁と子供……」

高橋がため息をつくが、鈴原が「高橋先生より料理が上手い女性が見つかるといいですね」と言って慰める。

「料理は作れなくていい。むしろ俺が作るからキッチンには入れない。ああもう、いいんだ俺は。生徒たちからの結婚招待状を楽しみに生きていく……」

「高橋先生ってまだ三十代ですよね?」と佐藤が囁き、高見と鈴原が「三十三です」と返す。

確かにここ数年、教え子からの結婚招待状が増えたそうだ。高校の教師が元教え子の晴れの日に呼んでもらえるなんて羨ましい。

「俺もいつかそんな日がくるのかな……。一人ぐらいは呼んでくれるかな」

すると佐藤が「瀬野君じゃないですか？　あの子は鈴原先生に懐いてるし」と笑った。

高橋も「分かる。いろんな賞を取ってる血統書付きの大型犬って感じで、よく懐いてるな。瀬野の結婚式はゴージャスな感じがする」と頷き、佐藤と二人で「芸能人もいっぱい来そうだ」とはしゃいだ。

ああ、なんでここで、そいつの名前が出てくるかな……。

鈴原は微妙な表情を浮かべてしまったが、すぐに元に戻って「どうでしょうね」と繕《つくろ》う。

「そういえば今年の山桜祭も、外部から女子高生がいっぱい来そうだという情報がありますよ。あと、『山の中の男子校が面白い』ってファッション雑誌のサイトで特集を組まれたらしく、物見遊山《ものみゆさん》の女性たちが増えそうです。出会いがきっとありますよ！　高橋先生」

高見がころりと話題を変えて、高橋と佐藤は「それは素晴らしい」と瞳を輝かせる。

それきり、鈴原の部屋は山桜祭の話で盛り上がるだけ盛り上がり、午後十一時にはお開きになった。

高橋が持ってきた肉じゃがは、綺麗さっぱりなくなった。ぎょうざも途中から「追いぎょうざ」をしたお陰で、保存用さえ作れなかった。酢豚と春巻きなど、影も形もない。

いい気分になって自分の部屋にもどって行く二人の教師に手を振り、鈴原は部屋の片づけを始めた。

「俺も手伝うよ」

「いや、洗うのは皿だけだし。すぐ終わるから大丈夫」

「んー……もう少し、鈴原先生と一緒にいたい気分なので手伝います」

茶化しながら缶ビールを集める高見に、鈴原は一呼吸終えてから「結婚の話題で瀬野が出たとき、話を変えてくれてありがとうございました」と頭を垂れる。

「ああうん、まあね。でも、他の先生にまったくバレてないってのが凄いよね。瀬野君は鈴原先生にただ懐いてるってだけになってる」

「他の先生なんて、『君たちは生き別れの兄弟か』と言って笑うし。そういう関係でよかったのになあ」

大皿を重ねて小さなキッチンシンクに入れ、まずはざっと水で洗う。

「さっき、言いかけてた言葉があったでしょう？　瀬野君との気持ちがズレていて、無理だって言った後」

「あ？　ああ……あれですか。めちゃくちゃ女々《めめ》しいのでなかったことにしてください」

「聞いてないし。女々しいかどうか、聞かなくちゃ分かりません」

「高見先生も、たいがいS入ってますよね？」

「あはは。どうでしょうね」

　この人は、きっと話を聞くまで部屋から出て行かないだろう。

　鈴原は肩を落として、蛇口を閉める。

「片思いなら、いつか捨てられると考えなくても済むじゃないですか。俺を好きだと言ってくれていても、あいつはストレートなんです。しかも！　あんなにキラキラしててモデルなんかやって人気が凄くて！　俺はこの間通販で『修弥の、君とおやすみＤＶＤ／にゃんこバージョン』を買っちゃいましたよ！　すっごい可愛かった。いやそれはいいとして、あいつは、きっと将来ハリウッドに行きますよ！　というか行ってくれと願います！　だから……俺が縋《すが》っていい人間じゃない」

　と、ここまで真剣に言ったのに、高見が実に緩い表情で鈴原を見ていた。

「鈴原先生は、本当に瀬野君が好きなんだね……」

「いやだって！　あいつの顔は………違う、顔だけじゃありません。性格も、ちょっと生意気なところが可愛いし、俺に一途《いちず》で……何笑ってるんですか！　さっきからニヤニヤして！」

「俺って、結構他人のノロケを聞くのが好きみたい。瀬野君が卒業するまで、頑張って拒めばいいよ。でも、俺も彼の性格を知っている方だと思うけど、彼、結構粘り強いでしょ？　めげないしね。卒業したら、捨てられるなんて思う暇もないんじゃないかな」

　人ごとだと思って、この人は……。でも、少しぐらいは期待してもいいんだろうか。いやいや、どちらにしろ、瀬野が在学中は何もなしだ。卒業してからも……あいつが何も言ってこなかったら、俺の片思いで終わる。

いろんなところで、気持ちがグルグルと空回りしているのは自覚がある。

考えが固いのも分かるが、コレは性分なので仕方がない。

「片思いって、結構楽しいもんだ。買った宝くじに似てる。恋人同士になるわけないのに、恋人同士になったらどうしようって延々と考えていられる」

「ほんとに困った先生だわー。たまには流されてみればいいのに。自分のせいじゃないから楽だと思いますよ」

「……流される？」

「うん。好きなものは好き。気持ちいいことも我慢しない。だって自分は、流されてるんだもの……って感じですね」

雄大な川の真ん中に、浮き輪に掴まった自分がのんびり流されていく光景が浮かんだ。

仕方がないという顔をして、でも、どこに流れ着くのかちょっとワクワクしている。

「それは、ちょっと……楽しそう……」

「ねー。いいよね？　モラルや罪悪感も、一緒に流してしまえばいいよ。きっと、これから先、少しは楽になるんじゃないですか？」

高見は「でも、バレたらアウトなので、そこは抜かりなく」と念を押した。

山桜祭が近くなると、生徒だけでなく教師もソワソワする。

「今年の教師喫茶は、本格的な正統派の執事喫茶だって！」

「ヤバイ。見てみたいけど、校長や教頭が出てきそう。似合いそうだもんな、先生たち」

「何人かメイドもいるって聞いたけど……」

休み時間になると、生徒たちはあちらこちらで情報収集をしている。主に、教師喫茶のことについてだ。

「……で、実力テストの範囲は以上だ。分かっているだろうが、山桜祭が終わってすぐの実力テストは一斉に廊下に、科目と総合の順位を張り出すからな？　情けない点を取るなよ？　お前ら。……では、ここまでで質問は？」

副読本を閉じながら、鈴原は教壇から生徒たちを見つめる。

相変わらず瀬野はキラキラとして、かつ熱い視線で見つめてくるが、するっと無視する。

「先生」

一人の生徒が手を上げた。

「ん？　なんだ。範囲が広いという文句は受け付けないぞ」

「いや、範囲はもう充分です。あの、多分、俺たち全員が知りたいことだと思うんですが、今年の教師喫茶に、メイドがいるというのは本当ですか?」

あー……来たか、この質問。やっぱり気になるよな。そうだよな……。

鈴原は一呼吸置いてから、「本当だ」と答える。

教室内がざわついて、生徒たちは口々に「誰がメイド?」「身長で決めるのか?」と言い合って意見を交換し合う。

「どの先生が何をやるかは、当日までのお楽しみだ。そしてお前らは、高校生活最後の山桜祭を心ゆくまで楽しめ。彼女を呼びたい者は呼んでやれ。他に質問は?」

生徒たちは「聞きたいことは聞いた!」と満足げな表情を浮かべたので、鈴原は「では、今日の授業はここまで」と言った。

タイミングよく終業のベルが鳴る。


「先生っ! あの、今日の散歩部!」

瀬野が、教室を出た鈴原を追いかけてきた。

「おう。今日も歩くんだろ? あれからマリリンが出た話は聞かないから、裏山の道が使えると思うぞ」

「あ、ホントに？　俺、裏山側の道の方が景色が好きだからよかった。……それでね？　先生。俺が出てるＣＭ！　見てくれました？　いつも自分が飲んでるジュースのＣＭに出られると思ってなくて嬉しかった！　あと、来月からもっと凄いＣＭが……」

「こら、ＣＭはちゃんと見てるから安心しろ。あと、裏山の山道を歩くなら、どのルートを使うかちゃんと考えろよ？　それと吉竹に、非常食を歩きながら食べるなって言ってくれ。何なんだあいつは、リスか」

　その言葉に瀬野が吹き出して笑った。

「すみません。でもこの間だけなんで。あいつ、自分でハンガーノックになりかけてたの分かったらしくて、急いでチョコを食べ始めたそうです。俺たちも、寮に帰ってから聞かされてびっくりして」

「そうか。じゃあ仕方がないな。散歩前にはちゃんとメシを食っておけ」

　よしよしと、瀬野の頭を撫でてやる。

　いい感じだ。こんな風にのんびり川を流れていくなら平和でいい。高見もたまにはいいことを教えてくれる。

　とにかく鈴原は、このあとトイレでいつものように乳首に貼った絆創膏を剥がし、情けないが体を鎮める作業を行って、散歩のためのウェアに着替える。なんでこんなことをしなければならないのかと嘆きたいが、どうしようもない。

「はい。でね……先生、ちょっといいですか?」

今のところ、いつものように「教師と生徒」の会話ができていると安心していたのに、急に真顔の瀬野に腕を引っ張られて、三年フロアの奥に向かった。廊下の先はL字になっていてトイレがあるが、少々距離があるので、生徒の大半はフロアの反対側にある階段側のトイレを使っていた。

三年生は、瀬野が鈴原に懐いているのを知っているので、二人で一緒に歩いていても「またか」でスルーする。

もしかして瀬野は、これを狙って今までずっと鈴原に懐いていたのかと思うくらい、他の生徒たちはまったく気にしていなかった。

「なんなんだ? 話があるならこんなところじゃなくてもいいだろうが。部活はどうするんだ?」

「先生ってほんと……そういうところが可愛くてうかつだと思う。俺は先生が大好きで、学校の至るところで先生といやらしい思い出を作りたいと思ってる。なのに、どうして何の危機感もなく、俺と一緒に学校のトイレに入ってる?」

言われてから気づいた。そういうところは、本当に鈍《にぶ》い。

鈴原は顔を赤くして「で、出るから、離せ」と小声で言う。こういう空間は声がやたらと響くのだ。

「だめ。ねえ、俺ってずっといい子にしてたでしょう？　先生を困らせないように、勝手に先生の部屋に行かなかったし、なるべく二人きりになるのも避けてた。先生が普通に俺と接してくれたから、それが嬉しかったっていうのもあるんだけど」

一歩迫られ、後退ろうとして洋式便座に尻餅《しりもち》をついた。

「本当は、毎日でも先生の部屋に遊びに行きたかった。堪えた俺を褒めてください」

「よくやったな。我慢を覚えるのは偉いぞ」

「そうじゃなくて！　もっとこう……俺も我慢できなかったみたいな言い方できませんか？」

「なっ！　そんなんあるかよっ！」

思わず声を荒げてしまったが、もう遅い。鈴原は眉間に皺を寄せてため息をつく。

「別に何ヶ月も禁欲していたわけじゃない。それなりに発散してたさ」

「俺にされたことを思い出しながら、オナニーしてたんですか？」

綺麗な顔をした生徒の形のいい唇から出る単語が強烈で、たまらなく興奮してしまった。

だめだ、こんなにかっこいい制服を着た瀬野に、こんな場所で迫られたら……。

「ヤバイ」

「うん。先生のちょろさがヤバイね。でも、いい感じに流されてくれてありがとう」

「なんだよ、それ……」

「いろんな流れを見てました。先生を流すためには、ちゃんと流れを見てないとね」

「それをトイレで言うか」

「うん、ちょっと恰好悪くてごめんなさい」

「あと狭い。綺麗でも狭い」

「それ以外に、怒らないんですね」

鈴原は瀬野を見上げて肩を竦めた。頭の中に「流されちゃっていいいんじゃない？」と高見の言葉がこだまする。

「俺はゲイだが、教師と生徒という関係では何もしない」

「はい。だから、俺に迫られてください」

「……おい」

悪態はそれ以上続けられなかった。

瀬野がキスをしてくる。

柔らかな唇の感触をちゃんと覚えている。舌で唇をなぞられたので、反射的に口を開いたら舌が入ってきた。温かくて柔らかくて、いやらしい動きをする。

たまらない。

自慰では満足できなかった体は、全力で瀬野を求めていた。

だめだだめだ。こんなことはだめなんだ。流されたら、今まで我慢してきた俺の苦労はどうなる。片思いでいいんだ。俺は教師だから、生徒と恋仲になんてなれない。でも。

「聡太郎さん。二人きりしかいない、今だけなら、ね？」

そう、今だけ、なら。

鈴原は目尻を朱に染めて、乱暴にネクタイを緩める。

「今も、乳首に絆創膏を貼ってるの？」

「当然、だ……」

「俺が剥がしてもいい？　聡太郎さんのエロ乳首を見せて」

「その言い方、やめろって……っ」

ワイシャツのボタンを外されながら文句を言うが、瀬野は「聡太郎さんが興奮するの分かってるから、絶対にやめない」と笑った。

狭いトイレの個室の中は、瞬く間に二人の熱気で暑くなる。

「ああ、本当に絆創膏を貼ってる。おっぱい、少し膨らんでるね。俺のキスで感じた？」

アンダーシャツを胸まで捲り上げて、瀬野が嬉しそうに目を細めた。

片方ずつ剥がしていくつもりらしく、「まずはこっち」と左側の絆創膏に触れる。

粘着テープの部分を爪でカリカリと引っかかれる刺激だけで、勝手に股間が熱くなった。

乳首と陰茎が一つの神経で繋がって、じりじりといたぶるように気持ちよくなっていく。そんな感覚に陥り、声を堪えるのに苦労する。スラックスはもうパンパンにテントを張っていて、瀬野の膝が太腿《ふともも》に触れると、自然に両脚が開いた。

「ん、んぅっ、は……ぅ」

「思いきり声を出せないのは苦しいけど、その分、興奮するよね？　ここ、三年生が使うトイレだよ、『先生』」

耳元でわざと「先生」と囁かれて、鈴原の背が快感に反れる。

「は、ぁ……っ、焦らさないで……早く……っ」

ゆっくりと粘着テープを剥がされた乳首は、すっかり勃起して、快感で膨らんだ乳輪と共に普段より一回りも大きくなっている。

「可愛いおっぱい。女の子みたいだ。いっぱい揉んで気持ちよくしてあげるね」

くにゅりと、中指でわざと乳首を押し潰され、こね回された。瀬野の指先は器用に動いて鈴原から快感を引きずり出していく。

「うっ、ぁあ、あっ、あ……っ、んんっ、声……声が……っ、瀬野……っ、あぁ、だめだ」

「まだもう片方残ってる。こっちもちゃんと剥がさないと」

絆創膏の上から乳首をぐりぐりと押され、びくんと腰が浮いた。

「は、ぁっ、そこ、だめだ、もうだめ、グリグリされたら、俺……っ」

気づけば鈴原は腰を揺らしやすいよう前にずらし、両手を後ろに回して体を支える。

「学校のトイレで、こんないやらしく腰を揺らすんだ。もうきっと、中もドロドロになってる

よね。先に脱がせてあげる」

　ガチャガチャとベルトを外す音が響いて、スラックスを脱がされる。床に落ちてしまったが、気にしている余裕はない。

　グレーのボクサーパンツは漏らしたように中心の色が濃くなっていた。

「凄い。乳首を弄られて、こんなに我慢汁出すんだ。この前より出てるよね？　毛も玉もべっとり濡れてるし」

　瀬野はゆっくりと下着を下ろし、足の付け根でわざわざ止める。

「先生がエロすぎて、俺、ちょっとヤバイかも」

　瀬野が上擦《うわず》った声で吐息を漏らし、スラックスのファスナーを下ろして、自分の屹立《きつりつ》した陰茎を出してきた。

「先生を見て興奮した俺のちんこ。ねえ、触ってよ」

　この前も見たはずなのだが、こうして間近で見るとまた違う。

　鈴原の桃色の陰茎と違い、瀬野の陰茎は色が濃い。形も太く反り返っていて、彼の綺麗な顔とは違って少しグロテスクだ。けれど鈴原は、興奮して心臓の鼓動が止まらない。

　おずおずと右手を伸ばして、瀬野の陰茎に触れる。自分が自慰をするようにそっと握り締めて動かすと、彼は「うは」と嬉しそうな声を出した。

　ぬるりと、先走りが溢れて鈴原の指を汚すが、気にせず瀬野の陰茎を刺激する。

「先生、待って。それ、勿体ない。ねえ、銜《くわ》えてよ。もうできるよね？　凄くエロい顔になってる」

「え……」

上目遣いで瀬野を見ると、舌で唇を舐めながら、期待に満ちた顔をしている。目も潤《うる》んでいて、いつも以上にキラキラして見えた。

ヤバイ、可愛い。凄く可愛い。ああどうしよう。なんでお前はこんなに可愛いんだよ。

鈴原は目を閉じて、瀬野の陰茎を銜えた。

馴染みのある匂いが口の中に広がったが、それ以上に、瀬野の陰茎を銜えて舐めているという事実が鈴原を興奮させている。

銜えるのは初めてだが、どこをどう刺激すればいいのかは、なんとなく分かる。鈴原は瀬野の陰茎の裏筋を舌先で何度も舐め、ゆるゆると扱きながら唇を動かし、先走りが溢れる鈴口をちゅっと吸い上げる。

「先生、それ、気持ちいい。もっとやって」

「ん……っ」

言われた通りに何度も吸ってやると、ご褒美のように頭を撫でられた。

「ん、ふ……っ」

「すげ……っ、先生って、生徒のちんこ銜えて興奮してんだ」

一生懸命銜えながら辛うじて頷くと、瀬野は「やった」と嬉しそうな声を上げる。

「先生、ほんと、凄く可愛い」

興奮して上擦った瀬野の声を聞くと、下半身が甘く疼く。早く弄ってほしくなる。上目遣いで訴えると、瀬野が「もういいよ」と言って鈴原の口から陰茎を抜き、彼の見ている前で乱暴に扱いて射精した。

顔と髪を精液で汚されたのに、鈴原は唇を伝う精液を舐めて吐息を漏らす。

「エロ可愛い」

瀬野がトイレットペーパーで鈴原の顔を拭いながら、「トイレを出る前に顔も洗った方がいいな。先生、俺の匂いがいっぱい付いちゃってる」と嬉しそうに言った。

「ふざけんなよ……こんな、初めてなのに、こんな場所で……っ」

どうせなら風呂場でやりたかった。そしたら、どこにかけられても気にせずすんだ。

……と思ったところで、鈴原は首まで真っ赤になった。

「俺は、そんな、他の場所ならいいなんて考えては……」

「うん。今度は一緒にお風呂に入ったときにしようね？　そこなら、漏らすまで弄り回しても平気だしね」

「漏らす……っ？」

「先生が生徒の前で、耐えきれずにお漏らししちゃうって、結構憧れのシチュエーション」

「お、俺は……そういうのは……っ」

そう言いつつも、瀬野の見ている前で我慢できずに失禁する自分の姿を想像して、鈴原は「ぁ」と切ない声を上げる。

「想像だけで感じるんだ。いいね、先生、めっちゃ淫乱。おっぱいでいっぱい絶頂して」

「淫乱じゃ……」

いきなりドアに押しつけられ、足を開かされた。

背後から瀬野が抱きついてくる。尻に、瀬野の柔らかな陰茎が当たった。

「こっちの方が、触りやすいんだ。先生もいいよね、この恰好。生徒に押さえ込まれて、裸みたいな恰好にされて、体中、めちゃくちゃ弄り回されて、気持ちがいいって泣くの好きでしょ」

「ぁ、ふ……っ、あ、あ、瀬野……っ」

左胸をやわやわと揉まれながら、右胸の絆創膏を剥がされ、つんと尖りきった乳首を摘ままれ、ぐいと引っ張られる。痛いのに気持ちがいい。鈴原はドアに頭を擦りつけ、つま先立ちになって体を震わせる
「修弥って、呼んで。二人きりなんだから」

「修弥……っ、乳首、もっと……そこ、いっぱい、ぐりぐりしてくれよっ、だめ、もうだめっ、気持ち良くて……お前の指、凄くよくて……っ」

今だけ二人きり。だから、流されて素直になる。

「素直な聡太郎さん、可愛い。凄くいい」

囁かれ、耳を甘噛みされて、背中に快感の電流が走る。耳の中に舌が挿入してくると、よすぎて立っていられない。鈴原は両手をドアに当てて必死に自分の体を支え、腰を揺らす。

「凄い。揉めば揉むほど、柔らかくなって触り心地がいい。聡太郎さんのおっぱい、気持ちいいよ。乳輪もこんなに膨らんでエロすぎる」

くにくに、くにくにと乳首だけを指先で扱くように弄くり回されるたびに、失禁したように先走りが鈴口から床に糸を引いて零れていく。

「んっ、ぅ、ああっ、そこ、扱かれたらっ、俺っ、女じゃないのに、こんなところで感じてっ、乳輪、引っ張られてっ、すげえよくてっ」

「うん。凄く気持ちいいのが伝わってくる。おっぱい揉まれて感じていいんだよ。俺と二人きりのときだけ。女の子みたいになっていい。気にしないで気持ちよくなって」

一層強く胸を揉まれて、鈴原はよすぎて首を左右に振った。

瀬野の甘い責めに、乳輪は赤みを帯びていやらしく腫れる。扱かれ引っ張られては、反対に押し潰されて、そのたびに腰がひくひくと揺れた。

「このまま、イける？」

「そんなの、分かんない……っ、はっ、あ、修弥ぁ……」

鈴原が切ない吐息を漏らしたと同時に、数名の生徒がトイレに入って来た。

「山桜祭、女子がいっぱい来るといいな」

「言えてるー。彼女とまではいかなくても、連絡取れる友だちになれればいいよな?」

「そうそう。でも、そのあとの実力テストがきついわ。公開処刑!」

声で分かる。あれは一組の生徒だ。

用を足して、手を洗う音が聞こえる。

ここで声を出したら何もかもが終わりなのに、瀬野の右手がイジワルく胸から下腹に下り、鈴原の陰嚢を包み込んだ。

「……っ!」

ここがどれだけ感じてしまう場所なのか分かっていて、瀬野の指が鈴原を責め嬲る。

唇を噛みしめても、体が覚えた快感を殺すことはできない。

「ふ、ぅ……っ! ん、んっ!」

「静かにして、先生。こんなところで何をしてるかバレたら、大変なことになる。こんな恥ずかしい恰好で、生徒にいたぶられて感じてるなんて知られたらどうするの?」

耳もとで囁かれる淫《みだ》らな言葉に、興奮しないわけがない。

だめもう。玉弄られながら、俺っ、こんな、ドアの向こうにも生徒がいるのにっ。また、乳首、引っ張られてっ、気持ちよすぎてっ、こんな恥ずかしいのに、それが凄くよくて……っ。

鈴原はこれ以上ない激しい快感に包まれ、あと少しの刺激で、陰茎に触れていないのに達しそうになっていた。

「そういえば、先生たちの教師喫茶、あれ、めっちゃ楽しみ！」

「分かる。俺なんか、去年は鈴原先生と一緒に写真撮ったもんね！」

自分の名前が出てきて、鈴原は思わずぎょっとする。

「あー！　いいなあそれ！　俺もスズセンと写真撮りてえ！　あの人スタイルいいから、メイドやらないかなー。似合うと思うんだよな。倒錯の世界」

「それで言ったら、サトちゃんもだろ。ガタイがめっちゃいいのにメイド服とか笑えていいよな」

「まあ、そういう話をする方が他校の奴と遊んだときに受けるよな。でも高校最後の思い出に、教師喫茶の全員集合写真は買おうと思う」

「俺も買うー」

「………あれ？　一番奥の個室、誰か入ってる？」

こんなときに気づかれても困る……っ！

鈴原は気づかれたらどうしようという緊張の中、瀬野の指で乳首を揉まれながら体を強《こわ》ばらせた。

足がすべって、がたんと音がする。

「まあ、うんこ頑張れ～」

笑いながら声をかけてきた生徒たちの足音がゆっくりと遠ざかった。

「行ったかな。でも、いいシチュエーションだった」

「ふ、ぁ、んんっ、あ、っ……も、俺っ、乳首ばっかかっ、そんなっ、は、ぅ、んん」

「俺もちょっと興奮しちゃった。ね？　聡太郎さんも感じたよね。だから、ほら、乳首だけでイけるよね？」

瀬野の両手が、まるで乳を搾《しぼ》るように、膨らんだ乳輪を指先で引っ張り、指の腹で乳頭を不規則に擦る。

「も、だめ、そこだめ……っ、俺っ、乳首っ、こんなとこで弄られてっ、俺……っ」

気持ち良くて苦しくて、それでいて、下腹の中が熱くなって、切ない気持ちでいっぱいになっていく。下腹の中で激しい快感が疼き、あと少しで弾けそうだ。

「女の子みたいに、イッて。生徒に乳首を弄られて腰を揺らすエロい先生。凄く可愛い。もっとエロイところを見せてよ。ね？」

「ぁ、やだ、まだ、だめっ」

「高校生のときよりエロい体になってるから、大丈夫。ね？　先生。大好きだから、俺に先生のいやらしいところをいっぱい見せて。何もかも見せて。俺、先生を全部知りたい」

見せて。全部を知りたい。その言葉を聞いて、鈴原の快感の渦《うず》が弾けた。

「あぁあああっ！　あーあーあーっ！　あああっ！　なんだこれっ！　あっあっ、んんっ！

だめ、だめっ、止まらないっ！　こわいっ、なんだよこれ……っ！」

途中で瀬野に口を塞がれた。

でも鈴原の絶頂は止まらない。陰茎からはとろとろと先走りが流れるだけで射精はなく、なのに体の中の快感は大きな波のように、引いては再び押し寄せてくる。

「んんんんっ」

鈴原は膝を擦りつけるように動かして、必死に快感を堪えた。

自分の体に何が起きたのかまだよく分からず、ただ涙を零している。

「聡太郎さん、今みたいにちんこ使わずにイくのが『メスイキ』。気持ちいいのがずっと続いて腹の中がジンジンするでしょ？」

瀬野はトイレットペーパーで鈴原の顔を拭いながら説明する。

「なんで、そんなの……分かるんだよ」

「うんまあ……雑誌とか、知りあいの体験とか」

「そうか……」

「流されるって、気持ちいいでしょ？　聡太郎さん。俺がこれからずっと、聡太郎さんを愛してあげますよ？　ね？　俺、一度好きになった人を簡単に諦《あきら》めたりしないので」

「あ、いや……そうか……」

俺、まだ合体もしてないのに、先に「メスイキ」とか体験しちゃっていいのかよ。でも、信

じられないくらい気持ちよかったっ！　というか、まだ気持ちいいのが続いてる！　相手が瀬野だったから……余計、そうなのかも。

鈴原はイッたばかりで、頭の中がお花畑だった。

いろんな液体が飛び散った、自分のとんでもない状態に気づくのは、五分後だ。

和久井と吉竹は、散歩部の集合場所にしている三年の下駄箱前で鈴原と瀬野を待っていたが、三十分経ったところで諦め顔になった。

「なにかあったな……」

和久井がそう言ってため息をつく。

「多分な。携帯を鳴らしても出ない。二人揃って……もしかして……」

吉竹の言葉に、和久井が割り込んで「今回は、瀬野に貸し一つってことだ」と笑う。

「スズセンにも貸したい気分だけど、これは仕方ないのかなあー」

「そうだな。仕方ない」

二人は顔を見合わせて笑い、二人きりで部活を始めた。

「はい。これで綺麗になりました。でも、すぐ寮に帰ってフロに入ってください」

トイレットペーパー一ロールと、瀬野と鈴原のハンカチが一枚ずつ犠牲になり、鈴原はどうにか出歩ける恰好になった。

「聡太郎さん」

「なんだよ」

洗面所で顔を洗い、濡れた手で髪を掻き上げて適当にセットする。

「好きです」

「………そうか」

「俺が生徒でも好きになって」

「無理」

「だったら、今度はもっといっぱい流してやる！」

それをトイレで言うのかよ、お前。

思わずくすりと笑ってしまった鈴原に、瀬野は「酷い」と言って、トイレから出て行った。

「酷いのはどっちだよ。俺にあんな体験させてさ……」

流されるのは楽だけど、終わったあとがキツイよ。俺は教師だから、こんなこと、してちゃいけないのに。瀬野が誘うから。あの綺麗な顔で、子犬みたいに無邪気に……。

悲しくなってきた。

鈴原は鼻の奥がつんと痛くなったが、無理をしてトイレから出た。


「あれはだめだ。しばらく放っておこう」

和久井と吉竹はそう決めて、腑抜《ふぬ》けた瀬野を放置した。

そして放置三日目の放課後、散歩部の活動中。

木々はわずかに赤く色づきはじめ、もう少しで紅葉の時期だと人々に教えてくれる。

山の恵みも本格的になり、吉竹は先陣を切ってアケビやヤマブドウを取っている。

事務的に山道を散歩していた瀬野の携帯に、プルプルと着信音が鳴った。

先を歩いていた和久井や吉竹、鈴原は「どうした?」と尋ねるが、瀬野は「仕事の電話です」と言って立ち止まった。

「お久しぶりです藍原さん」

『お久しぶり! 元気だった?』

「ええまあ、今も裏山を散歩してます」

『散歩か～。いいね！』

きっと彼は、瀬野の今の装備を見たら「登山？　トレッキング？」と驚くだろう。散歩部なのに、そういうハードな散歩を楽しんでいるからだ。

「それで、どうしました？　何か面白い話とか？」

『この間言ってた、高校時代にちょっと遊んでた子の話なんだけど』

「はい」

瀬野は先を行く友人たちと愛しい顧問の後ろ姿を見つめながら、低い声で返事をする。

『やっぱり、忘れられなくてさ。もう一度会って、今度は最初からちゃんとやり直そうかなと思ってるんだ。虫のいい話だけど、でも、忘れられないんだよね。あの敏感な乳首が……。で、友人づてにいろいろ調べてもらって、分かったんだ』

部活中に聞きたい単語ではないのだが、仕方なく聞いてやる。

「ほほう」

『瀬野君に名前を言っておけばよかった！　あのね、そいつの名前は、鈴原聡太郎って言うんだ。山桜で教師をやってるって。高校生の頃から、結構凛々しい顔をしてたから、今はきっと恰好良くなってるんだろうな』

「鈴原先生が……？　藍原さんと付き合ってた……？」

やっぱりか。やっぱりそうかよっ！　でも遅いから！　もう遅いから！　聡太郎さんの乳首は俺のものだからっ！　俺が弄ってメスイキさせたからっ！

　瀬野は心の中でありったけの声を張り上げた。

『あ、でも、鈴原がゲイだって、誰にも言わないでね？　ほら、男子校の教師だから、噂が立ったら大変なことになる』

「分かってます。鈴原先生は、俺のクラスの担任でもあるんです。とてもいい先生です」

『じゃあ、その……あれだ、生徒と付き合っちゃってるとか、そういうのは大丈夫かな？　ヤバイよね、そういうの。俺と付き合うことになったら、学校じゃなく塾の教師に転職してもらおうかなと思ってる。その方が危険度が少ないし』

「あー……そうですね……」

　ちょっとどころじゃない殺意が湧いた。だが、堪えて話を聞く。

『しかし、男子校の教師だなんて、目の保養もかねてるよなあ、あいつ。よく採用されたと思うよ。いくら親が山桜ＯＢでもさー……』

「あ、藍原さん！　俺、もうすぐ電波の届かないところを歩くんで、えっと、あれ？　切れた？　ではまた今度！」

　本当は携帯電話の電波はしっかり入っている。

　だが瀬野は、藍原の話を聞きたくなくて演技をした。

「……俺と会ったから、昔を思い出して、それで聡太郎さんと繋がったのか。俺のせいじゃないか。俺の馬鹿。絶対に接触させないからな」

俺は今現在の聡太郎さんの携帯の電話番号を知ってるんだ！　部活の顧問だしな！　緊急用にな！　……ああでも、藍原さんが知ってる番号と同じだったらどうしよう。まずは藍原さんにさり気なく聞いて……。

先の予定で、藍原と一緒に仕事をする機会はまだあったはずだ。

もしそうでなくとも、今度の土曜か日曜に、「食事どうですか？」と誘えばいい。そこで、さり気なく牽制《けんせい》する。気づかれたら元も子もないどころか、恋敵認定されて面倒臭いから、ここは慎重に行こう。自分の恋路がかかってる。

瀬野は心の中でそう誓うと、遙《はる》か向こうの岩場に腰を下ろし、自分を待っている仲間たちの元に走った。


「ほほう！　面白くなってきたな。ライバル出現か！」

少女漫画っぽい展開に、和久井が喜びの声を上げる。

「元彼かー！　俺は瀬野の方がいいな！　若いし綺麗だし！　スズセンの好みの顔だし。この藍原って人は、顔はいいけど、多分スズセンの好みじゃないよ！」

吉竹は全力で瀬野を押してくれる。

瀬野は吉竹の肩を叩いて「ありがとう」と笑った。

「聡太郎さんが俺に振り向いてくれる前に、藍原さんのところに行ったら俺は死ぬ」

「いやいや、吉竹が言うように、スズセンの好みはお前だと思うから大丈夫だろ」

そう言う和久井に、吉竹も「そうだそうだ！」と拳を振り上げた。

「でも、劇的な再会とかあったら、気持ちが揺れるかもしれないな。たとえば山桜祭とか」

「和久井ーっ！　それこそスズセンの好きな少女漫画的展開じゃないか！　瀬野が可哀相だろっ！」

吉竹が悲鳴を上げるが、和久井は「だがそれでも真実の愛に辿《たど》り着くのが少女漫画だ！」と言って撤回しない。

「ああうん、何があっても俺は聡太郎さんを離さないから、問題ない。この顔でできないことの方が少ないからな」

言い切っちゃったけど、まあ、あまり間違ってないから。

瀬野は鼻息も荒く、ベッドの上で腕を組む。

「やっぱ、『爽やか炭酸』のＣＭに出ちゃう男は、言うこと違うわー」

「お陰さまで、ファンクラブができました！　でも俺のハートは聡太郎さんのもの」

「それはめでたいが、だがな瀬野。文化祭は王道イベントにして大正義。一発逆転も起こる奇跡のイベントだ。ちなみに次点は修学旅行と体育祭な。お前がスズセンを守り切れるか否かで、その後の展開が変わることもある」

冷静に語る和久井の横で、吉竹が「ゲームだな、それ」と笑う。

「ああ。だがリセットボタンはない。世の中は未来に向かって常にオートセーブだ」

「何を言いたいのか分からなくもないけど、面倒臭いな和久井は！」

「雰囲気が伝わればいいんだ」

真顔で言う和久井と、「マジか」と突っ込みを入れる吉竹に、じんわりと癒されていく。

「俺、頑張るわ。流されながら、聡太郎さんを流して頑張るわ」

そして、俺という名の愛の大海に、聡太郎さんを招き入れる！

「ところで山桜祭は来週だけど、瀬野は仕事の方は大丈夫なのか？」

和久井は瀬野の本棚から、彼が表紙をかざっている今月号のファッション雑誌を取り出して
「相変わらずキラキラしているな」と感想を続ける。

「うん。学校の行事が近いときは、仕事の調整をしてもらってる。それに実力テストもあるから勉強もしないと。今回も国語のトップは俺だ」

瀬野は鈴原に好かれたい一心で努力し、常に成績は上位グループにいた。

「ほほう。俺を前にしてそれを言うか」

テストで三位以下に落ちたことのない和久井は、不敵な笑みを浮かべて瀬野を見る。常に順

位は真ん中をキープしている吉竹にはあずかり知らぬことだ。

「まあなんだ！　俺たちは瀬野の恋愛成就を祈りながら学校生活を送ろうってことで！」

吉竹は勝手に話を締めくくり、あくびをしながら自分の部屋に戻った。


三年生用の、実力テストの設問は済んだ。学年主任に渡したので、今頃は金庫の中で厳重管理されているだろう。

それが終わったら、三年生は一気に受験勉強モードになる。とは言っても、鈴原たち教諭がやることは、今まで通り基礎の積み重ねと応用、生徒たちの考える能力を向上させる指導となる。

もともと二年の二学期から教科書は使わず、教諭が指定した本を一学期かけて読解したり、グループ研究とディスカッションが中心だったので、三年になると「テスト」に慣れるための時間をわざわざ取っていた。

……まあ実力はあるので、例年通り全員、志望大に入れるだろうがな。

鈴原は、今年初めて三年生の担任になったので、彼らには特に思い入れがある。下手をすると卒業式で泣いてしまうかもしれない。それは頑張って避けたいがちょっと難しい。

「鈴原先生〜」

佐藤がニコニコと笑顔で鈴原に近づき、「メイド役が決まったそうです」といきなり小声になった。

今年の教師喫茶は正統派の執事喫茶だったはずなのに、理事会が「メイドがいると楽しいかも」と横から口を出したのでこうなった。断ってもよかったのだが、正統派の執事をやるにはかなりの出費らしく、今回はそれを理事会に立て替えてもらうとのことで、文句は言えない。と、校長が「みんな、すまん」と今朝謝ったばかりだ。

いやその前に、そこまで金をかけてやることなのか。これは生徒のお祭りだろうと思ったが、鈴原は心の中でだけ突っ込みを入れた。

こうなってしまっては、是非とも執事喫茶の売り上げナンバーワンを目指したい。

「……誰がメイドですか？」

「これ内密に。生徒たちに知られたら騒ぎになりますから。メイドに指名された教師は、今日の放課後に寸法合わせです」

「おお、本格的ですね」

「ええ。でね、メイド組は、三年一組から三年五組までのクラス担任です」

なんだって？

鈴原は自分を指さし「俺？」というリアクションを見せる。それに佐藤は右手の親指を上げて答えた。酷い。なんてことだ。

瀬野に知れたら、あいつは何を言うだろうか。見に行くと喜ぶか、それとも、俺以外の人に女装を見せるなんてと怒るだろうか。いや多分……両方だろう。なんとなく分かる。分かってしまうのが、ちょっと辛い。

鈴原はしょっぱい表情で低く呻く。

「どうしたんですか？　鈴原先生」

向かいのデスクから笑顔で問いかけるのは、三年四組担任の羽水《はねみ》で、確かに彼は華奢で身長も百七十センチぐらいなのでメイド服は似合うだろう。というか、セーフかアウトでいったら、辛うじてセーフ。だが自分や三年二組担任の深谷《ふかや》は、完璧にアウトだ。美しくない。理事会は教師に何をさせたいのか理解に苦しむ。

職員室に入ってきた三年三組の担任広瀬《ひろせ》は、丁度佐藤と鉢合わせをして話を聞いたようで、その場で「マジですかーっ！」と悲痛な大声を上げた。

………が。

とにかく決まってしまったことは仕方がない。こちらに拒否権は存在しないのだと諦めて、開き直ることにした。

そうして放課後、三年生のクラスの担任たちは、第一理科室に集合して寸法を測ってもらった。

「メイクはどうするんだ？　これ」

「あー……専門のヘアメイクさんが来るそうですよ？」

「お、じゃあ、金髪巻き毛のかつらでも被ろうかな」

「受験前の三年に癒やしをとか言うけど、これは悪夢だろ。夢に見てうなされても、俺たちは責任を取れない」

「よかった。……ワンピースはロングですよ。短くなくて本当によかった」

鈴原は「ゴシック・ワンピースカタログ」を開いて、同僚たちに見せた。

「胸元が白いシャツみたいになってて、リボンがついていて、あとは真っ黒か。葬式みたいだな……」

「ドイツ人の家庭教師みたいな恰好じゃないか。これでメガネをかければ、意地悪家庭教師のできあがりだ」

一組の担任河合《かわい》の言葉に、全員が顔を見合わせポンと手を打った。

「いいですね、それ。伊達眼鏡《だてめがね》を付けた意地悪家庭教師。海外の児童小説にもよく出てきますよ。どうせみんな、冷やかしに来るんでしょうから、ここは気合いを入れて受けて立ちませんか？」

絶対に瀬野も見に来るだろうな。あいつ、感極まって抱きついてきたりしないよな。そういうことは、やはりその、二人きりのときじゃないと……。いやいや、そもそも学校でそんなことはだめだ。

心の中で瀬野の言動が容易に再現されてちょっと怖いが、不埒《ふらち》な行いは絶対にさせないと決意する。

「気合いを入れる、ね！」

「いいねそれ……」

鈴原の言葉に、教諭たちはニヤニヤが止まらない。徹底的に仮装して、逆に感心させてやろうという意気込みに満ち溢れた。


初めての出店で苦労している一年生に、去年苦労した二年生たちが助け船を出している。屋台の作り方はこうだの、鍋はここに置いたら危ないだの、見ていると微笑ましい。それでも、二年生の中にも「なんで予定よりずれ込むんだよ」と落ち込む者がいて、それには三年生の有志がフォローに回った。

テントも自分たちで張り、出店用の鉄板の設置も自分たち。終わったら、教諭に確認してもらう。校内の展示やアトラクションもそうだ。まず生徒たちで話し合う。教師は口を挟まない。徹底した生徒主動のトップにいるのは生徒会で、後期選挙で選出された二年生の新生徒会は、とにかく張り切っていた。

三年生の教室にいても、階下の喧噪が聞こえて来る。

みんな楽しそうだ。

「……去年がすでに懐かしいってヤバくないか？」

瀬野は机の上に山桜祭のパンフレットを開き、どこに行くかをチェックしながら言う。

「でもそれも、成長だと思えば」

和久井は「バザーを見に行きたい」と言って、瀬野のパンフレットに勝手に印をつけた。

「うち……家族全員来るって言ってた。どうしよう。祖父《じい》ちゃんまで来るって。俺は案内係ですよ……辛い……」

吉竹が珍しく大人しいと思ったら、そういうわけだったのかと、瀬野と和久井は納得した。

「俺は女子の群から逃げながら、聡太郎さんを捕まえて二人きりになる。できれば、吹奏楽の演奏のときに、体育館裏で音楽を聴きながら、愛の時間を過ごしたい」

「あー……分かる。うちの吹奏楽、人数は少ないけどめちゃくちゃ上手いもんな。カバーＣＤを出してメチャ売れだし。あいつらみんな音大行くって」

それには吉竹が「すげー」と感嘆の声を上げた。

「あ、私物を寮に運んでおかないと。三年の教室は一、二年の控え室になるんだっけ」

「そうそう。俺たちも使うけどね」

瀬野の問いに和久井が答える。

山桜祭が近づくとみなソワソワし出し、教室に残っている者の中にはパンフレットをチェックする者がちらほらいる。

その中の一人が「やっぱり一番に教師喫茶に並ぶか。整理券配るって」「だよなあ」と数人で話し合っていた。

「今年は混雑を避けるために、整理券を発行する出し物が多いらしいよ？　二年五組のお化け屋敷が、前評判が一番凄い。失禁するほど怖いってさ！　行ってみたい！」

吉竹はようやく元気になったようで、お化け屋敷を連呼する。

「家族を案内し終わったらな、みんなで行こう」

和久井の言葉に、吉竹は「おう」と元気よく返事をした。

階下から、カナヅチを叩く音と共に「何やってんだよ」と呆れる声。そして複数の笑い声が響いた。

「なんか、ゲスト側になると楽だけど寂しい」

瀬野の呟きに、教室に残っていた生徒たちがそれぞれ頷く。

「俺たち、どんどん卒業に向かってるんだもんな」

「やめようよ和久井。俺、悲しくなってきた！　山桜祭では焼きそばとお好み焼きと唐揚げとチョコバナナを食べる予定なのに！」

吉竹が関連のないことを主張して、無理やり場を明るくした。

「元気だな、散歩部。歩きに行かないのか？」

クラスメートに声をかけられて「またマリリンが出たから、しばらく休み」と返した。彼女の恐ろしさはもう伝説で、みな「まじかよ。怖いな」と眉間に皺を寄せる。

「そういや一度、イノシシ避《よ》けを破壊して、寮の中庭を子供を連れて散歩してたことがあったよね。ウリ坊がめっちゃ可愛かったけど、マリリンは怖かった！」

吉竹が「そのときの動画がこれ！」と言って、携帯を出した途端、みな我先に「ウリ坊見せろ！」と詰め寄った。


寮の風呂は広い。

広くて気持ち良くて、つい、「ふあぁあ」と気の抜けた声が出てしまう。

瀬野は自分の声が意外と響いたので、少々照れた。

和久井と吉竹とは「じゃあ、七時半に食堂で」と教室で別れてからそれぞれ自由行動だ。仲が良くてもどこまでも一緒というのはない。

あー……この時間は人が少なくていいなあ。やっぱ早めの風呂は最高。

湯船でぐっと足を伸ばして、モデルらしからぬだらしない姿を見せても、突っ込みを入れてくる者はいない。

はずなのに。

「何やってんだお前。足が邪魔」

「へあっ?」

びっくりして変な声が出た。瀬野は慌てて顔を上げると、そこには鈴原がいた。

「あれ?　先生?」

「……………たまには広い風呂に入りたくて」

先に体を洗ってきたのだろう。髪も体もいい感じにしっとりと濡れて、最高にエロい体がそこにある。

「教師もこっちの風呂に入っていいんだ。そうか……俺はこれから、毎日この時間に風呂に入ることに決めた」

「俺が入ってこなくても文句を言うなよ」

「はーい」

まさか、まさかこうして二人並んでのんびりと湯に浸《つ》かることができるとは。

瀬野は、触れそうで触れられない距離にいる鈴原を横目で見た。

こういうときは、何のアクションも起こさずに、二人でいられることを感謝するのが正しい選択だ。

「広い湯船はいいな」

「はい」

「今日、こっちの湯船に入ったのにはわけがある」

「はい？」

カポーンと、手持ちの湯桶《ゆおけ》をタイル地の床に置く音が響く。

テレビで見た銭湯のようだ。それよりは、実際は照明は落としてあるし、湯気も多い。

「高校時代の友人から、久し振りに連絡が入って、つい懐かしくなって……。藍原という奴なんだが、俺の携帯の電話番号が変わっていないことに驚いていてな……」

「は、はい……？」

ちょっと待って。ここでそれを言うんですか？　あんたはっ！

瀬野の心の中がブリザードになる。

腹に重い石を載せられて水の中に沈んでいくような、そんな薄ら寒い感覚に侵されていく。

「山桜祭に来るそうだが、俺は喫茶で忙しいから会うのは難しいと言ったんだ」

先生ーーーーっ！

嬉し涙で目の前が霞《かす》む。

なんなのこの人、俺の心をこんなに揺さぶってっ！　大好きっ！　ほんと大好き！

湯船の中で、両手の拳を握り締め、「よし」と呟く。

「いきなり電話をしてきて、どうしたんだろうな。そう言えば、瀬野と一緒に仕事をしたと言っていた」

「あ、あー……はい。藍原さんとは一緒に仕事しました。再来月に発売される雑誌に載りますよ。俺の方がページ数多いですけど。俺がメインの撮影だったので」

「そうか。テレビにも出ていると聞いたんだが、俺はあまりテレビは見ないから、知らなかったよ」

俺のCMは見てくれてるのに、藍原さんがテレビに出てるのは知らないって、俺はめちゃくちゃ愛されていると思っていいよね？　なのにー、どうして今すぐ俺の愛を受け入れてくれないんだよ。

アレコレ思っているうちに、無性に鈴原を押し倒したくなってしまった。だがここで何かをしたら、処分されるのはきっと鈴原の方だ。彼は教師で、生徒を指導する立場にある。

「あ……」

そっか。そうだよ。頭では理解できても感情が理解できてなかった。けど、今、分かった。

「どうした？　のぼせたか？　瀬野」

「いや、その……先生の立場をなんとなく、理性と本能で理解したというか」

「何を馬鹿なことを言ってるんだ」

「俺、この外見だから『顔だけの馬鹿』って思われがちだけど違うから」

「それは、担任の俺がよく知ってる。だが、俺の言った馬鹿の意味は間違えてるぞ」

「それもわざとですぅー」

「あ、そ」

鈴原が小さく笑って、左手で前髪を掻き上げる。エロいというよりも、こういうときに適切なのは「艶《あで》やか」という単語だろう。

瀬野は、さすがは俺の聡太郎さん……と、うっとりした顔をする。

「藍原がな、お前のことを『仕事を真面目にこなすいい子だ』と言っていたんで、なんか嬉しくなった」

「俺は今嬉しいです」

鈴原は目を細めて瀬野を見つめ「……そうやってると、年相応で可愛いんだけどな、お前」と、照れくさそうに言った。

「先生、そんな風に煽《あお》られると、俺はとてもヤバイことになります。ここで流されますか？湯船だけに結構流れると思います」

鈴原のきょとんとした顔が、たちまち赤くなる。断じて、湯船に浸かって赤くなった色じゃない。

「お、お前……ふざけんな。二人きりじゃないところで、誰が、そんな……」

声を落として、内緒話をするように顔だけ近づける。

「二人きりならいい？　だったら今から先生の部屋に行く」

「それはだめだ。絶対にだめだ」

鈴原は、赤い顔のまま風呂から上がり、脱衣所に行ってしまった。

「あー………」

アレ絶対に俺が好きだよ！　俺のこと好きだって意識しすぎて可愛い！　だったら、卒業までいろいろと流されてよ！　学校のいろんなところで、いっぱいエロい顔見せてよ。好きなんだよ、聡太郎さん……！

なんて叫べるはずもなく、瀬野はずるずると湯船に沈んでいく。

顎《あご》まで湯に浸かって、しばらく温まりながら「仕方ないか」と開き直った。

藍原のことをわざわざ言ってくるということは、鈴原は彼と元サヤに収まるつもりはないようだ。そうだとも、そうに違いない。俺に言う理由は、「俺にはお前一人だ安心しろ」か「元彼のところに行くなと言ってくれ」しかない。

しまった。藍原さんと会わないでって言うの忘れた。

もし言ったら、鈴原は「嫉妬か。可愛いな」と言ってくれるだろうか。自分から「教師と生徒」と言っておきながら、そういうところは無防備で、押し倒したくなるほど可愛い。

「さてと」

長湯でのぼせるなんて恰好悪い。

「そろそろ先生は脱衣所を出た頃かな」

瀬野は独りごちると、湯船から出た。

校舎横の駐車場には、業者のトラックが何台も止まって、山桜祭用の器具や食材を降ろしている。学校正門はＤＩＹ部によって美しいアーチが作られていた。

空は秋晴れ。紅葉にはまだ少し早いが、山もぼちぼち色づいている。

職員は、学校と麓を結ぶシャトルバスの最終確認を行い、時間割の書かれた紙を校舎下駄箱前の「フライヤー・スペース」へ目立つように置いた。

放送室では放送部員たちが発声練習を行い、敷地の至るところに色とりどりの出店のテントが立てられた。もちろん、防火対策はすでにしてある。

たった一日の祭りのために、生徒たちは何ヶ月もかけて用意をし、来客たちは去年から胸を躍《おど》らせて楽しみにしていた。

山桜祭が、今日始まる。

「開始時間に花火が鳴るそうだ」

「俺、腹減ってきたわ……」

和久井は、絵師部の作った出来たてホヤホヤの同人誌を開きながら言い、瀬野は両手で腹を押さえる。

クラスメートも同じようで、ため息をついたりソワソワしている。気の毒なのは、三年の教室が控え室になった一、二年生たちで、常に三年生に遠慮しながら衣装を着ていた。

すると突然、もの凄い音でドアが開けられる。

何事かと皆が注目すると、息を切らして立っていたのは吉竹だった。

彼はスクープを手に入れた新聞記者のように高揚し、瞳を輝かせている。

そして言った。

「三年の担任全員が！　教師喫茶のメイドだった！」

一瞬、教室内は水を打ったように静まりかえり、次の瞬間、「えええええ！」と太い悲鳴が上がった。

「マジか！」

「スズセンの女装！」

「カメラ！　携帯じゃなくカメラ！　どこやったっけ！」

「俺一緒に写真撮りてえーっ！」

「高校最後の文化祭が、担任の女装かよ！　笑える！」

とにかく、蜂の巣を突《つつ》いたようにうるさくなった。
一、二年生も「え？　先生が？」とニヤニヤしている。
瀬野はと言うと、石化していた。

いや、あまりの衝撃に頭の中が真っ白になっていた。

「おい、瀬野。戻って来い。戻ってこーい……」

和久井に何度も肩を叩かれて、ようやく我に返る。

「聡太郎さんの女装が……俺以外の人間に見られてしまう。俺の前でだけ女装してほしかった。なんでだ、なんでだ……」

これはもう、何が何でも二人きりになって、エロいことをしなければ。お仕置きだ。絶対にお仕置きだ。

瀬野の頭の中で、鈴原が凄いことになっている。

「まだ恰好を見てないから、どの程度の悪ノリかは分からない。でも、校長先生が店長をやるって言ってたから……ある意味めちゃくちゃ正統派でくるんじゃないか？」

スクープを披露した吉竹は、瀬野に言う。

「だよな。……本格的な何かを見せてくれるよな。だって山桜の教師だもんな……」

よし。どうやって聡太郎さんを連れ出そう。絶対に人気だと思うから、休憩時間か。でなかったら、店を終えた後だ。

瀬野は「何が何でもエロお仕置き。そしてまたしても告白」と心に決めて、携帯電話の充電を確かめる。

「写真、撮れるだけ撮るからな。いらないデータは捨てておこう」

和久井と吉竹は「どんだけスズセンの写真を撮るんだよ」と、心の中でだけ突っ込みを入れた。いい友人たちだ。


シャトルバスから降りてくる人、人、人の群。

警備会社にバスと来客の誘導を依頼したのは正解だった。

上履き持参の人々は、我先にと山桜高校の玄関に向かう。

「では俺は、これから家族を迎えに行って来ます！」

吉竹は制服に乱れがないか鏡で確認し、携帯電話を握り締めて教室を出て行った。

「では俺も。先生の立ち姿をカメラに納めてくる」

「俺も、他校の女子高生をチェックしに行くか」

瀬野と和久井は二人揃って席を立つが、瀬野は、いつもは整えている髪をボサボサにし、伊達メガネをかけている。

二年生に「でも、モデルオーラ出てます」と指摘されたが、キラキラしていない俺は俺じゃないということで、「ありがとう」とだけ言って対処はしなかった。

「女子が群がる前に逃げろよ？　瀬野」

「分かってる。去年の二の舞はいやだ」

三年の教室を出て、関係者以外立ち入り禁止と書かれたロープを跨《また》いで、山桜祭が開催中の二階に向かう。

「教師喫茶は、混雑を予想して一階のはず……。先に整理券をもらってこよう」

「了解……って、相変わらず凄いな」

高校生以下は制服での来場と、学校のウェブサイトに注意書きがあったので、おそらく他校の女子高生だろう。みな可愛い制服を着ている。

そして、その女子高生たちを目当てにやって来る他校の男子高生。

山桜生たちは、男子高校生には「お呼びじゃないオーラ」を出しつつも、穏やかに接客している。

「この学校って、瀬野君がいるんだよね！」

背後から聞こえて来る声にドキリとした。

「そうそう！　会えるかもしれないからドキドキしてる！」

いやこちらは会いたくないです。

瀬野は伊達メガネをしっかりとかけ、ボサボサの髪を一層ボサボサにした。

「去年はみんなで写真を撮れたらしいよ～。羨ましい」

それは、強引に撮らされたんです！　その後俺は先生たちに助け出されました！

あんなことは二度とごめんだと、気持ちを引き締める。

隣では和久井が、「女子こえー」と呟いていた。

今のところはバレていない。

そもそもこの学校、学力だけでなく顔面偏差値も意外と高いのだ。なので女性たちの目が他の生徒に移ることも多い。

よし、もうすぐ教師喫茶……と思ったところで、不思議な光景に出くわした。

ナイスダンディな教頭が、スワロウテイルにベスト、スラックス。小道具は鎖のついた懐中時計という素晴らしい恰好で、なぜかプラカードを持って立っている。

「え……？　あの、教頭先生、何やってるんですか？」

和久井がびっくりして声をかけると、教頭は声優のようないい声で「整理券がすべてはけてしまってね」と笑った。

「はい？」

まだ山桜祭が始まって一時間も経っていない。それなのに、整理券が存在しないとは。

「だから僕ね、暇だから、交代の時間まで他の教室を見て回ろうかなと」

「でもプラカードを持ったままでは、宣伝だと思われますよ？」

「あ！　そうだったね。いやこれは失敬」

執事姿の教頭がいい声で笑うものだから、彼の周りには執事好きの若い女性が寄ってきた。

「先生、これは俺たちが預かりますので、頑張ってください！」

にこにこと嬉しそうに若い女性たちに囲まれていく教頭を尻目に、瀬野はプラカードを持った和久井と二人で執事喫茶に辿り着いた。

「整理券を持っていない人は中には入れません。よろしいですかな？　お嬢様方」

そう言って父兄から黄色い悲鳴を戴《いただ》いているのは一年の教師だった。

「……みんな楽しんでるなあ」

感心する和久井の隣で、瀬野は目当ての人を見つけた。

「あ……！　おい、和久井、ちょっと！　見つけたんだけど……」

「何？　うわ……アニメに出てくる怖い家庭教師がいっぱいいる……！」

白いのは胸元だけ。

あとは漆黒のロングワンピース。頭に純白のヘッドドレスを付けてはいるが、全員銀縁眼鏡をかけた、厳しい表情の女装教師たちがそこにいた。

あれは決してメイドではない。家庭教師だ。

しかも。

「坊っちゃん、ティーカップをそのように持ってはいけません。よろしいですか？」

「私の指導が悪かったのでしょうか……。お嬢様、大きな口を開けてはいけません」

などと、客に対して対応が塩だった。

「うわあ……怖い。マジ怖い……」

「みんな綺麗に化粧してハマッているのに、綺麗と言うより怖い……」

瀬野と和久井は頬を引きつらせていたが、客たちの態度を見て首を傾げる。

みな、家庭教師に叱られているというのに笑顔だ。中には「もっと叱ってください」と言っている者もいる。

執事姿でサーブしている教師たちはそれなりに人気で、特に、ちょっとぽっちゃり体型の一年の歴史教師である阿部《あべ》は、ハマりすぎていて若い女性客たちに写真を撮られまくっている。

執事姿の他の教師たちはみんな記念撮影に笑顔で応じていた。

その中で、厳しい表情の家庭教師たちは異質だ。

なのにめちゃくちゃ受けている。

「俺も、鈴原先生に叱ってほしい……」

「じゃあ、呼んでやるから叱ってもらえば？　鈴原先生！」

和久井がプラカードを振り回して、店内に向かって大声を出す。すると一人の家庭教師がしずしずと現れて、和久井の頬を摘まんでにゅっと引っ張った。

「こら。騒ぐなお前ら。整理券ならもうないぞ」

整えられた髪は、一人一人微妙にバリエーションがある。綺麗に整えられた眉に、焦げ茶色系のアイシャドウと黒のアイライン。長いつけまつげ。つるつるゆで卵肌の完璧なファンデーション。頬にはふんわりローズのチーク。そして少し濃いめの、ゴシックに相応《ふさわ》しいルージュ。

肩幅はあるし筋張っているがスタイルはいい。そして顔は大変な美人だ。

瀬野は女装家庭教師姿の鈴原を見つめて、心の中で「違う扉が開きそう」と呟く。

「メイクはプロですね」

間近で見ればすぐに分かる。瀬野の言葉に鈴原は「やっぱりお前は分かるか」と笑った。

「その前に、和久井にしている羨ましいことを俺にもしてください。ほっぺ、にゅってして」

「は？　………ほれ」

鈴原が、和久井の頬を摘まんでいた手を離し、そのまま瀬野の頬を摘まむ。

「お前、柔らかいな」

「これでもモデルなので、お手入れしてます」

「で？　なんでプラカードなんて持ってる？」

それには和久井が「教頭先生が、プラカード持ってフラフラしてたので、危ないから受け取りました」と答える。

「そうか。わざわざありがとうな和久井」

鈴原が空いている手で和久井の頭を撫でると、周りの男子高生たちが「ぎゃー！」と悲鳴を上げた。

「俺にも！　俺の頭も撫でてください！」

執事
茶

「俺もー！　撫で撫でしてください！」

中には他校の女子生徒もいて「私の頭も撫でてー！」と両手を振り回してアピールする。

ああこいつらも、俺の大事な聡太郎さんの魅力に気づいた連中か！　そうだろう、先生は優しくて頼もしい慈愛の天使だ！　一目惚れした俺は正解！

と、心の中で自慢していても仕方がない。瀬野は、自分の頬をふにふに摘まんでいる鈴原の指を名残惜しそうに離すと、押し寄せる来客たちから彼を守ろうと、両手を広げて盾になる。

「あのっ！　先生は執事喫茶の人なので！　整理券がないと中に入れません！」

「そうです！　整理券を持っている人は、並んで待っててください！　先生が順番に頭を撫でてくれます！」

和久井のこの言葉に、来客の半分ぐらいは大人しくなった。

「え？　俺撫でるの？　まあ別に撫でるのは構わないが……」

「もう少し躊躇《ためら》ってよ！　先生っ！」

「いや別に、騒ぎが収まる方が大事だろ」

「そうですけどー」

拗ねた声を出す瀬野に、一人の少女が「瀬野君？」と声をかけた。

その場にいた女性たちの空気が、一瞬で凍りつき、次の瞬間、凄い勢いで蒸発した。

「瀬野君っ！」

「きゃー！　瀬野君瀬野君！　好きーっ！」

少女たちが伸ばした手で伊達眼鏡を取られる。なおも勢いよく伸ばされた指先を避けようとして、左頬に痛みが走る。

瀬野は左頬から血を流していた。それを見てしまうと、彼女たちは「私じゃないし」と言って泣きそうな顔で後退る。

「大丈夫。かすり傷だからすぐ治ります。あと、こいつの肌は丈夫なので傷も残りません。安心して。ただね、大勢で一人の人間を追いかけようとするのは大怪我に繋がるから、気を付けてくれ」

完璧メイクで女装をしていても教師。

鈴原は、自分が瀬野に怪我をさせてしまったかもとぷるぷる震えている少女たちに、優しく微笑んで諭《さと》した。

瀬野には、先生、一生付いていきますと、彼女たちの心の声が聞こえた気がした。

その場は一瞬で収まったが、野次馬は多い。怪我をした瀬野は、鈴原に連れられて執事喫茶のバックヤードに向かう。

和久井が女子高生と楽しそうに話をしているのが見えたので、瀬野は放置することにした。

「ええと……ここら辺にたしか、絆創膏が……」

自分用のバッグを探っている鈴原に、「いつも使ってるもんね」と言ったら、赤い顔で「黙れ」と言われた。

「こんなかすり傷、痕が残ってもメイクで隠せるし、それに、女子じゃないから気にならないから平気」

「いや、俺がそういうのいやだから」

「でも先生……」

「よし見つけた！」

鈴原は小さなポーチから消毒薬と絆創膏を取り出し、まずは消毒薬で傷口を綺麗にする。ティッシュで水気を押さえ取り、絆創膏をぺたりと貼った。

「これで傷はすぐに治るぞ。……にしても、小学生みたいだ」

「小学生は、先生に抱きついたりしないと思うけど？」

ぎゅっと抱き締めると、鈴原は意外にも大人しい。

ここで騒いだら、教師の誰かがすぐにやって来ると思っているのだろう。

「先生の女装、凄く綺麗でびっくりした。髪までかつら被ってさ……エロすぎ」

「うるさい。……ここで少し休んでろ。俺の給仕は午前中なんだ」

「待ってる。先生と一緒に出店に行きたい」

鈴原の体を少し離して、唇にちゅっとキスをした。

「お前、なあ……。口紅付いたぞ。……俺なんかより、お前が化粧した方がよっぽど綺麗なのにな。一度化粧した顔を見てみたい」

「俺？　いいよ。綺麗に化粧してドレス着て、その恰好で先生とエロいことしようか？」

「………ばか。エロいのはお前だろ」

すっと、鈴原の指が唇に押しつけられ、指の腹で口紅を拭われる。

「ここにいるなら大人しくしてろよ？」

そう言って、鈴原は店に戻った。

「……はあ」

今の、指の腹で唇を拭う仕草、エロかった。それに綺麗だったな聡太郎さん。あの姿をもしかしたら藍原さんも見るのか。それはとっても嫌だ。

瀬野は折り畳んでいたパイプ椅子を引っ張り出して腰掛ける。

すぐ横の棚には、鈴原のバッグがあった。

「文化祭は、恋人同士の特大イベントなんだけどな……」

瀬野は鈴原のバッグに頭を載せてため息をつく。

流されるくせに、俺の愛は認めてくれない。返事をくれない。ほんと、先生ってズルイ。でもそこが可愛いからたちが悪い。

またため息をつくと、それに呼応したようにSNSの着信が鳴った。

携帯電話を見ると和久井からで、「傷は大丈夫か？」。数秒後には吉竹から「腕折られた？」と大げさなことを言われる。

瀬野は「傷は平気。午後からデートできるように祈って」と文字を打つと、和久井は「俺は今デート」とハートマークを飛ばして、吉竹に「コロコロコロス」と、とにかく怒りに満ちた言葉をもらっていた。

「少女漫画好きだといいな、和久井」

瀬野はそう呟いて、鈴原のバッグに凭《もた》れたまま目を閉じた。


頭を撫でられている。

指先で頬をそっと辿られて、唇をぷにぷにと押された。

ゆっくりと目を開けると、鈴原が楽しそうに瀬野の頬を指先で押している。

「先生……？」

「おう。俺の仕事は終わった。何枚写真を撮られたか、もう覚えてないわ」

「俺とも写真撮ってよ。というか、その恰好を俺以外の人に見せたなんて……」

そう言ったら、鈴原がいきなり笑い出した。

「俺が思ってた通りのこと、言いやがった」

「な……！」

先生、それってどういう意味？　ねえねえ！

瀬野は体を起こして、じっと鈴原を見つめる。

メイクは殆ど崩れていないが、口紅だけが薄い。

「先生、俺に口紅塗らせて」

「構わないけど……ええと……、ほれ」

鈴原は黒いロングワンピースのポケットから口紅を取り出すと、それを瀬野に渡した。きっと化粧直しに使ってと渡されたのだろうが、男性ゆえに化粧直しのタイミングが分からなかったのだろう。

瀬野は口紅を受け取ってキャップを外し、持ち手を捻《ひね》って口紅を出す。

「お前、慣れてるな」

「モデルだし。はい、口を半開きにして動かさないで」

そっと顎を掴んで、鈴原の唇に慎重に口紅を塗っていく。

喫茶室の喧噪はどこかに消え去った。

この、紅茶や砂糖の在庫と、着替えの入ったバッグが無造作に並べられた小さなバックヤードだけが、世界のすべてになる。

「俺、聡太郎さんが好きだよ。凄い好き。初めて会ったときから、その気持ちはずっと変わらない。知ってた？」

「知ってるよ瀬野」

「それで終わり？　他に言うことは？」

「そうだな」

「今日は山桜祭で、みんなかなり盛り上がってるんだけど」

綺麗に塗りおえた口紅に満足して、瀬野は鈴原の顎から手を離した。

「あのな……」

「鈴原先生！　あの、先生の知りあいだって方が見えてますけど……。教頭先生と楽しそうに話してるんですが、ＯＢの方？」

女装家庭教師の一人に扮《ふん》していた羽水が、バックヤードにひょいと顔を出す。

「あー……うん、多分それ、うちのＯＢで合ってる。そうか、来たのか……。今行きます！」

鈴原が返事をしてきびすを返す。

だが瀬野は彼の手を掴んで「昔の恋人に会いに行くの？」と唇を尖らせた。

「は？」

「昔、遊んでたんだろ？　その人と……。高校のときの……。付き合うの？」

「そんなの、考えたことなかった。でも、会いに来てくれたなら会って話すさ」

「行くんだ。俺がここにいるのに」

あーあーあーっ！　もうっ！　何言ってんだ俺っ！

情けないことを言っていると、自覚している。けれど言わずにいられなかった。

鈴原が目を丸くして瀬野を見た。

そして次の瞬間、じわりと目尻を朱色に染めて微笑む。

なんだろうこの顔。もしかしたら初めて見るかも！

瀬野は穴が開くくらい鈴原の顔をじっと見つめる。

「馬鹿だな、瀬野は」

「……これには、反論しない」

「さっさと済ませてくるから、お前はどこかで腹ごしらえでもしておけ」

「え？」

「済んだら電話する」

「え？　は？　何？　ちょっと……！　俺も一緒に行くっ！」

「来るなよ。また騒ぎになったら困る」

「あー…………こっそり校内をうろついてます」

「よし」

頭を撫で回してもらえたのは嬉しいが、女装家庭教師の恰好でうろつくのはやめてほしい。でも恋人でもない瀬野は、それを言う権利なんて持ってなかった。

執事喫茶なのか女装家庭教師喫茶なのか、すでにもう分からない。

誰が考えたのか即席で作られた「頭を撫でてもらえる券」や「優しく叱ってもらう券」を握り締めた客たちが、大人しく席に着いて頬を染めて待っている。

店から出る途中に、三組の担任である広瀬が「アレを考えたのは事務長だ」と教えてくれた。事務長は白髪のおっとり優しげな男性で、職員事務室にいるのであまり会うことはないが、たまに生徒とすれ違うと「お腹空いてない？　チョコ食べる？」と菓子をくれるありがたい人だ。その人が、今日は窓際の特等席に座って、執事姿の教頭から紅茶をサーブしてもらって微笑んでいる。

事務長はなんと着物姿だったので、その空間だけ「大正浪漫《たいしょうロマン》」の空気を醸《かも》し出していた。

そして生徒たちは「素敵すぎる」「尊い」「うちの事務長マジ大正浪漫」とブツブツ言いながら写真に収めていた。

「事務長はあの外見だけど、経営に関しては鬼で、いつも校長や教頭を引きつれて理事会とやり合ってるって話。理事会からは山桜の鬼とか言われてるんだと。鬼だもんなあ、学校に金が入ることは喜んでやるよなあ……」

広瀬が瀬野に『店内撮影券三百円』のチケットを見せる。

「うわ。これあくどい。ええと、歴史的に言うと『やり手婆《ばばあ》』みたいな？」

「んー……まあ、そうだな。そんな感じだ。お前も山桜祭を楽しめよ！」

「はい。広瀬先生も、女装が可愛いです」

「はは。嬉しくねえわ」

広瀬に肩を叩かれた瀬野は、マスクをしながら店の外に出る。

ブラックウォッチのジャケットが山桜の生徒で、それ以外の制服が他校の生徒。その間にピンクやフリルが見えた。

相変わらず、うちの学校って変に人気があるよな。

呼び込みの声がやけに通るのは、きっと合唱部に発声の仕方を習ったのだろう。そういえば合唱部も吹奏楽部と並んで人気があり、今回の体育館プログラムでも、最後まで客を学校に引き留めておくための秘策として、両部の合同発表会となっている。

「今年は……聡太郎さんと一緒に合唱部の歌を聞きたいなあ」

去年の合唱部は、最後に海外で有名なアーティストのバラードを歌ったという。みな感激して、終わる頃には体育館にすすり泣きが響いたそうだ。その頃瀬野は、自分を追いかけてくる他校の女子生徒から逃げ切って、寮にいたから聞いてない。

聡太郎さんと過ごせる最後の山桜祭なんだ。それを、昔ちょっと遊びましたみたいな男に邪魔されたくないんだ。藍原さんは性格はそんな悪い人じゃないと思う。でも、ちょっと遊んだだけで自然消滅したくせに、やっぱり忘れられないやーとか言って戻って来るってどうよ。というか、俺に会うまで聡太郎さんのことを忘れてたじゃないか！　腹立つ！

眉間に皺を寄らせながら、人混みを縫うようにして校内を歩く。

途中、家族と楽しそうに話している吉竹と出会ったのだが、「食え！」とアメリカンドッグとジャンボ焼き鳥の入った袋を差し出された。

ありがたく受け取って、さり気なく視線で鈴原を探す。

長身の男の女装姿だからさぞかし目立つだろうと思ったが、目立っていたのはお化け屋敷の仮装だった。

「何あれ！　マジ怖い！」「泣くかと思った……あれ、やばすぎ……」などと言っている他校の女子高生とすれ違う。

お化け屋敷の看板を持った怪人たちは、ベースはオーソドックスな吸血鬼やゾンビなのだが、特殊メイクが本格的で、近寄ってほしくない外見になっていた。

男子たちが「すげえこれ！」と目を輝かせて集まってくる。

瀬野はもらったジャンボ焼き鳥を袋から出して、二度見して笑った。確かに「焼き鳥」ではあるが、焼いてあったのはクリスマスで食べるようなサイズの腿肉だったのだ。

これを囓るにはマスクを外さなければ……と思ったところで、今度は女性連れの和久井と遭遇した。

「さっき吉竹に会った。ずいぶん楽しそうだったわ。お前も楽しそうで何よりだ、和久井君」

瀬野はマスクを外して、香ばしく焼けた腿肉にかぶりつく。いい塩加減だ。

「ヤバイ俺結構楽しい。さっき連絡先交換したし。彼女、聖凛《せいりん》女子の生徒だって。俺は今日の、この出会いを確かなものにしようと思う」

小声で、しかも真剣な顔で言う和久井に、瀬野は「吉報を待っている」と言って笑った。

彼女の瞳が、瀬野ではなくずっと和久井を見ているのがいい。ここで視線が瀬野に移るようなら、今日だけの相手だ。

「頑張れ」と言った瀬野に、和久井が「お前もな」と言って、ペットボトルのオレンジジュースをくれた。

「瀬野君」だと気づかれないうちにマスクをして、またしても鈴原を探索する。

通りがかった和風の甘味処《かんみどころ》は、生徒による創作和菓子の実演販売があり、そこもまた人を集めている。

美術部と調理部が組んで、「絵画っぽいご飯展」というのをちらりと見て、その完成度の高さに他の客と一緒に唸《うな》った。

いや、今の瀬野は鈴原を探すことに全力を向けなければならないので、催し物を見て感心している場合ではない。

「ええと……」

この学校で二人きりになれそうな場所だ……と考えていたら腹の虫が鳴った。

仕方ない。炭水化物を補給だ。さっさとブドウ糖になって脳を活性化してくれと祈りつつ、一年生の出店でいなり寿司を三つ買い、外履きに履き替えて中庭に出た。

中庭は関係者以外立ち入り禁止で、一般客は入ってこられない。交代で休んでいる他の生徒もいる。瀬野は一番隅にある古いベンチに腰を下ろし、マスクを取った。

そして、和久井からもらったジュースを開けて一口飲むと、歯形を付けた鶏腿肉にかぶりつく。よくこの焼き加減ができるもんだと感心しながら、今度は出店のいなり寿司を頬張る。

中に入っているのは酢飯ではなく、炊いた米に、揚げの煮汁と細かく刻んで甘辛く煮た根菜を混ぜたもので、あまりの旨さに唸った。そしてなんだこれはと笑った。

「すげえな。あいつら店を開けるわ」

行儀は二の次で、腿肉といなり寿司を交互に口に入れ、ジュースで喉を潤す。最後はケチャップとマスタードのついたアメリカンドッグだ。

歯を立てると香ばしい音が聞こえる。ソーセージをホットケーキの素で包んで揚げましたというオーソドックスな味だが、祭りのマストアイテム。これが旨い。

想像以上に腹が減っていたようで、それらをほんの十分少々で食べ尽くした瀬野は、「カロリーがヤバイ」と笑って、ハンカチで口と手を拭いた。

その後、唇にリップクリームを塗ることも忘れない。

「よし！」

中庭横に設置されたゴミ箱にゴミを捨て、気合いを入れる。

……と、視界の隅に見知った人の横顔が見えた。

聡太郎と藍原だ。

彼らは笑顔で何か話しながら、裏庭に向かった。

追いかけないと。追いかけて何をするって具体的な策はまったくないんだけど、藍原さんが聡太郎さんによからぬことをしないように見張りたい！

瀬野は彼らの後をそっと追いかける。

……いつもなら、見つかってもいいや、俺を選んでって言えばいいし……ぐらいに思うんだろうけど、今回はちょっとできない。もし「ごめん、俺は藍原と付き合う」って言われたら立ち直れない。仮に今言わなくても、聡太郎さんの態度で俺が分かってしまう。ああそれ辛い。やっぱり初めての男がいいんだろうか……と、どんどんナーバスな考えに心が侵されていく。

「カッコ悪い」

分かってる。でもいい。恰好悪くていい。好きな相手のことを全部知っていたい。

瀬野は生い茂った低木の後ろに隠れて耳をすます。

「何年ぶりだっけ……高校卒業してからだから、八年ぐらい？」

藍原の機嫌のいい声が聞こえてきて腹立たしい。

「そうだな。いきなりで驚いたけど、連絡をくれて嬉しいよ。しかも山桜祭に来るなんてな。俺たちが在学していた頃の教師が何人も残ってるから、照れくさくなかったか？」

「いやいや、話ができて楽しかった。昔に戻ったみたいだった。……俺も、ブラックウォッチのジャケットを着てたんだなーって」

「そうだな。山桜は今も制服人気があるそうだぞ」

「そりゃよかった」

さっさと本題に入ればいいものを、彼らの話はさっきからまどろっこしい。

「それでな、鈴原。俺、お前と離れてさ、凄い時間がかかったんだけど、やっぱり、もう一度やり直したいと思ったんだ」

鈴原の声が聞こえてこない。

瀬野はこっそりと木の葉を掻き分けて、彼らの姿を確認する。

鈴原は少し困った顔で藍原を見ていた。

「虫がいいっていえばそうだけど、でも俺たち、体の相性よかっただろ？　それって性格が合うことより大事じゃないか。だから上手くやっていけると思うんだ」

「いや、藍原さ、お前はゲイじゃないだろ。別に俺にこだわる必要はない」

「確かに俺は、男も女も好きだけどさ、でも、俺の理想の体は鈴原なんだ。だからもう一度付き合おう」

「それは無理だ」

「え？」

自分が振られると思っていなかったらしい藍原が、凄い間抜けな顔をしている。

「俺さ、今……片思いしている相手がいるんだ。俺がどうにかできるようなヤツじゃないんだけど、でも、そいつに片思いしてるのが凄く楽しくてさ。だから、他の男は目に入らない」

片思いの相手って……それって、俺ですか？　それとも俺以外の誰か……じゃないよね？

聡太郎さん！　だってあんたは、俺の顔が大好きなんだもんね！

瀬野は、ジェットコースターに乗っている自分を想像する。さっきからもの凄いコースで、上から下からGがかかって心が死にそうになった。

「片思いって、おい、じゃあその間は誰としてんの？　オナッてるだけ？　スッキリしに行かないの？」

「俺は……そういうのは本当に、嫌だ。好きな相手にしか触りたくないし、触ってほしくない。多分、これが性癖って言うならそうなんだろう」

「えー……でも鈴原、片思いだよ？　そう言うからには、きっと相手はストレートなんだろ？　やめておいた方がいい。お前が泣いて終わりだ」

「だから片思いなんだよ。それでいいんだ。俺は教師だから誰かにバレたら大変だし、だから片思いがいいんだ」

「え……？　ちょっと待てっ！　お前、いつからそんな可愛くなっちゃったんだよっ！　さっきの恰好も可愛いけどさ！　ヤバイ！　なんなの？　俺なら片思いにならなくて済むのにっ！　俺みたいに綺麗で、しかも芸能界でそれなりにやってる男が、恥も外聞もなく付き合ってくれって言ってるのにさあ……」

　藍原の嘆き方は少し大げさだが、彼の性格ならあれが普通だ。

　瀬野は「よく言うよ」と呟きながら、彼らの距離が今以上近づかないように警戒する。

「まず、そういう告白を学校でするってのが間違ってるし。まあ今日は祭りという特殊な日だから、非現実的ななにかが起きても、みな広い心で接してくれると思うが。俺のさっきまでの女装もその一環だし」

　ばっちりメイクの女装教師なんて文化祭でしかできない。

　なのに藍原は、とんでもないことを尋ねた。

「ところで、あの女装ってサイズを測った特注？」

「あ？　ああ。見苦しい恰好はできないとのことで、理事会がな。メイクもそうだ。プロにお

願いした」

「なっとく。凄く似合ってたよ。でも、ああいうぴったりした服は、乳首が擦れて感じちゃうんじゃないか？　鈴原の乳首はエロいから」

「……………うるさい。高校生のときならいざ知らず、今お前に言われても『これじゃない感』が強すぎて感じない」

「それってさー……俺、傷つくわー……。あと一つ気になったんだけど、そこまで本格的なら、下着もそれなりのを合わせてたんだよね？　見たかったな」

「は？　馬鹿か藍原。見えないところに気を遣うかよ。普通のパンツだ」

なんだよ先生。俺もちょっと期待しちゃったのに……いつものパンツかよ。

瀬野は少しだけ藍原に同情する。

「なあ、どうしても……俺と元サヤに戻るのはいや？」

「なれるのは友だちまでだな」

「俺の顔で落ちないって……どういうことだよ。俺の顔、好きだろ？　鈴原が綺麗な顔を好きなの知ってんだぞ」

ごねる藍原の前で、鈴原が笑う。

「たしかにお前は綺麗だよ。美形っていうのはこういう顔のことを言うんだろうなって思ったし、実際、お前とのことは引き摺《ず》った。でもな、今俺が片思いしている奴は、俺の理想なんだ。

できるなら死ぬまで一生見ていたいと思うほど、俺の理想の顔。キラキラしてて凄く綺麗で、それでいて子供っぽいところが凄く可愛い……って、言わせるなよ！」

「いや、その……勝手に言ってるだけだし……」

「悪かったな！」

鈴原は腰に手を当てて、面倒臭そうに謝罪する。

その顔を見ていた藍原が、いきなり笑い出した。

「あー……そうだよなあ、途中まではとんとん拍子だったから、こりゃ最後まで行けると思ってたんだけど、こうなりましたか！」

「ああ、うん。こうなったな。俺はお前のこと、もうなんとも思ってないし、俺たちは、あのとき付き合ってない。お前が好きだったのは俺の乳首だけだし」

「だって俺、男女に関係なく乳首フェチだしね。まあいいや、お前よりいい乳首を探すよ。振られたのに縋るなんて、俺にはできないし」

「そうか。いい相手が見つかるといいな」

「ありがとう。お前っていい奴。今度は友だちとして会おうな？　……で、お前の片思いの相手って、ここの生徒でいいのかな？　キラキラした美形で？　子供っぽいところが可愛い？　俺なんか目に入らない美形となると……俺は一人しか知らないんだけど」

「さあ、どうだろうな……」

「鈴原の方が大変じゃないか。頑張ってと言うのはちょっとアレかもしれないが、とにかく頑張れ。ただ、いろいろとバレないようにな？」

「ああ」

小さく頷く鈴原に、藍原が「他にもいろいろと回ってくるよ。じゃあまた連絡する」と言って、先に一人で校舎に戻った。

よかった。何もなかった。と言うか鈴原が藍原を振った。振ってくれた。

「先生っ！」

茂みから勢いよく立ち上がった瀬野は、目を剥《む》いている鈴原に向かって走る。

「お前！　いつからそこにいたっ！」

「先生たちが話をする前からっ！　ありがとうございます！　藍原さんを振ってくれてありがとうっ！　それって、俺が好きってことだよね？　俺も愛してる！」

「声、デカい……っ！」

いくら人気《ひとけ》のない裏庭でも、すぐ後ろは山なので声が響く。

鈴原が顔を真っ赤にして「静かにしろ」と怒った。

「でも先生……俺に片思いしている意味がないよ」

「あるよ。お前がここの生徒である限り」

「…………卒業するまで待ちたくない。先生と教室でエロいことしたいし、体育館倉庫でだってまだ何もしてない。先生との思い出いっぱい作りたいんだよ、俺は」

「それで卒業したら終わりか」

「終わらない。むしろ始まりでしょ。違う？　俺は一人暮らしをするんだよ？　先生は俺の部屋に通ってくるの。金曜日の夕方に俺のアパートに来て、日曜日の夜に帰る。そうでなかったら、車を買おう！　ね？　一緒に住んでマイカー通勤して。俺の傍に一生いてください！」

瀬野はその場に膝をつき、鈴原に頭を下げる。いわゆる土下座ポーズに、鈴原が慌ててしゃがみ込んだ。

「瀬野、お前の方が意味分からない！　俺のことを好き好き言ってるのって、卒業後もなのか？　むしろそこから始まるって、本気か？　俺はお前より八歳年上で、ゲイなんだぞ？　ストレートのお前が、俺に一生傍にいてほしいなんて、思うかよ」

鈴原の唇が細かく震える。

それを見て、ああ可愛いなあと思った。

「言わせてもらえれば、俺は先生限定のゲイです。先生にしか魅力を感じない。女の子は可愛いと思うけど、ただ、それだけです。俺が愛してるのは先生です。恋愛をしているときに相手しか目に入らないって当然のことでしょ？　それを一生続けたい。あと俺はしつこいので、先生が頷いてくれるまで、延々と追いかけますよ。ストーカーと呼んでもらっても構わない」

ちゃんと俺の話を聞いて。片思いでいいなんて思わないでほしい。俺たちは、あんたが頷いてくれれば両思いなんですよ？　ね？　先生。俺の聡太郎さん！

瀬野は顔を上げ、目の前で座り込んでいる鈴原の両手を掴む。

「俺と恋人同士になれ、聡太郎」

真正面から、偉そうに言ってやった。だって俺は、あんたを離すつもりなんかないから。

「お前、な……」

「なんだよ」

「俺、お前が卒業したあとに告白してくるのを……ずっと夢見てたのに、なんてこと言ってくれるんだよ」

「え……？」

「俺は教師だから、生徒とは絶対に付き合わないって信条があるのに……それを分かってるくせに、ぐいぐいと乱暴に押してきて」

「うん、ごめん……」

「ごめんじゃない。それに、俺の体を好き勝手……弄くり回して、メスイキとかさせて、もう、後に戻れないじゃないか」

「だから、さあ。聡太郎、俺と……」

「俺はもう、修弥と付き合うしかないじゃないか。修弥はストレートで、俺はいつ捨てられるんだろうって思いながら、お前を愛するんだ」

「ねえ、聡太郎。聡太郎さん。そんなことをずっと心配してたの？　じゃあ俺の告白を聞いて安心したよね？　絶対に離さないから。聡太郎さんが俺に飽きても、俺はあなたを離さない」

「そっか。……せっかく、今まで逃げてきたから、お前が卒業するまで逃げ切ってやろうと思ったんだが……」

「ちょ！　それ、やめて！」

「俺の信条、曲げさせやがって」

「俺にだけだから問題ない。ね、愛してる、俺のこの、卒業まで待てない気持ち分かってよ」

「……答えを出さずに、お前に流されるのが楽だった。懐いてこられるのが嬉しかった。でももう、流されるのはやめる。なあ修弥」

鈴原は「この顔で言いたくないんだけど」と言って、手の甲でまだ残っていたメイクを拭う。

「ちょっ！だめっ！　肌が、肌がダメージがっ！　ちゃんとメイクを落としましょう！　先生っ！」

さっきまでの甘い雰囲気はどこへ行ってしまったのか。

瀬野は「メイククレンジング！」と怒鳴って、鈴原を引っ張って校舎に戻った。

鈴原は、目元と口元は専用のリムーバーで落としていく。無味無臭らしいが、どうも好きになれない。

「はい、これで綺麗にメイクが落ちました！　あとは、普通に洗顔して、化粧水と乳液で肌を整えてくださいね？　それは瀬野君にお任せしても大丈夫かな？」

ヘアメイクの担当は、瀬野の知っている女性で、二人は顔を合わせたときに「きゃー」と女子高生のような声を上げて、再会を喜んだ。

「はい。携帯用のスキンケア用品は、持ってます」

「では私は、他の先生のメイクも落としてきますね」

彼女は、自分のデスクでクレンジングを待っている教師の下に走って行く。

通路の至るところに移動式のハンガーラックが置かれて、着替えのスーツやタオル、着終わった衣装が掛けてある。

それだけでなく、一階の出店のバックヤードに入らなかった荷物やバッグも、職員室に置かれていたので、この広い空間は雑多なマーケットのようになっている。

これを見越した事務局側から「当日、貴重品はデスクの中へ。またデスクの鍵はすべて閉めること」という通達が事前にあった。

今も生徒が「失礼しまーす！」と言って、職員室に入ってきた。

瀬野はというと、鈴原が脱いだワンピースや、その下に穿いていたペチコートを丁寧に畳んで、鈴原のバッグに詰め込んでいる。

「悪いな。これでとりあえず、すべて終わった」

きっちりとネクタイを締め、チャコールグレーのスーツに身を包んだ鈴原は、着替えをじっと見ていた瀬野の肩を軽く叩く。

「俺、先生と一緒に行きたいところがある」

「お？　いいぞ」

ジャケットのポケットに携帯電話と小銭入れを入れて、席を立つ。

「先生、こっち」

瀬野が「念のため」とマスクをして、先に職員室を出た。


午後も三時になると、出店もずいぶんと落ち着いている。みな、体育館で行われる最後の催し物を見に行こうと、そわそわし始めた。

放送部も、校内放送で「午後四時から、体育館にて合唱部の発表会が開催されます。今年のテーマはプチレトロ」と煽っている。

そんな中、鈴原は瀬野と二人で校舎の屋上にいた。

夕焼けが近づき、空と雲が灰色からオレンジ色のグラデーションを見せ始める。

裏山からの風が少し寒い。

「なんでここなんだよ」

「憧れシチュエーションの定番だから」

「あー……」

確かにドラマや漫画の中で、校舎の屋上はセンシティブに、またはドラマティックに使われてきた。

鈴原もかつて、夕焼けの中で告白されたいと憧れたことがある。

「そうだな。今日は山桜祭だから、そんなときに、わざわざ屋上に上がってくる奴なんていないもんな」

「だから……俺が先生を聡太郎さんと呼んでも、誰にもバレることはないわけで……！」

「そうだな。うん。好きだよ修弥。お前が入学したとき、一目惚れした。まさか、こんなことになるとは……」

とりあえず、早く自分の気持ちを言ってしまおうと言葉にしたのに、それを途中で遮られてしまった。

ぎゅっと力任せに抱き締めてくる腕が愛しい。

「ようやくだよ。ほんと……このまま卒業まで待たされてたら、俺は死んでたから！　あんまり意地の悪いことをしないでください」

間近に、大好きな綺麗な顔。ちょっと拗ねているところも可愛くてたまらない。

「お前だって、その、俺がだめだって言うのに……毎回、いろいろと、してきたじゃないか」

「好きだから。ね？　聡太郎さん、俺、屋上でエッチしたい」

「は……？」

抱き締めている腕が少しずつ下がり、気がついたらスラックスの上から尻を揉まれていた。

「あ、おい……っ」

「大丈夫。ポケットの中に携帯ローションとゴムがある」

筋張った長い指で、強弱を付けて揉まれて、じわじわと快感の炎が下腹に灯《とも》る。

「ん、う……っ」

「恋人同士になって初めてのセックスが屋上って……嬉しい」

「馬鹿……っ」

瀬野が顔を寄せてくる。鈴原は目を閉じて、押しつけられる彼の唇を味わった。

恋人同士と言われて照れくさい。でも嬉しい。こうして舌を絡めてはそっと吸い合い、くちゅくちゅと唾液を舐め合っていると、胸の奥が疼いて、愛しい気持ちでいっぱいになる。

「修弥、俺……お前とセックスしたいよ……。お前は生徒で俺は教師だけど、でも……恋人同士になったから、今までできなかったこと、したいんだ……」

「うん。俺も」

瀬野が唾液で濡れた唇を舌で舐め、鈴原の腕を引いて背もたれのないベンチの上に仰向けに寝かした。

生徒がのんびりと休養したり、教師が一息つくためのベンチは、今は二人の頼りないベッドになる。

「く、ぅ……っ、は、ぁああっ、あ……っ」

ネクタイとシャツのボタンは外されて、アンダーシャツを胸の上までたくし上げられると、絆創膏を貼った胸が露《あら》わになる。そこを爪の先でカリカリと引っかかれて、快感で腰が浮いた。

「声、可愛い。ねえ聡太郎さん、もっと、気持ちのいい声、出して。恋人の俺に聞かせて」

「ん、んんっ、修弥っ、いやだっ、じれったいっ、絆創膏の上からっ、ぐりぐりされるのっ、やだっ」

「そうだね。絆創膏を取って、いっぱい弄り回してあげる。ほら、もう乳輪がぷにぷにしてるよ。乳首もがちがちに硬くなってるよね。ほら、俺の指で摘まんで、擦って……気持ちいい？」

剥がれた絆創膏から飛び出るように、硬くなった乳首が瀬野の目の前に現れる。

「ここ、藍原さんにどんな風に弄られてた？　俺がしてあげるみたいに、乳頭ごと揉んで、引っ張ってくれた？　乳首が赤くなるほど指で弾いてもらえた？」

そう言いながら、瀬野の指で乳首を乱暴に弾かれる。

恋人の指で、愛を込めて責められる。よすぎて腰が揺れた。

「はっ、ぅんっ、あ……っ、違う、あいつ……っ、ただ俺の乳首を舐めて吸うだけでっ、修弥みたいに、弄ってくれなかったっ、あっ、いゃ、そこ、そこだめっ、やだ、おっぱい、おっきくなるっ」

親指と中指で乳輪をくにくにと摘まれ、人差し指でカリカリと乳頭を引っかかれると、びくんと下腹に高熱が溜まり、爆発しそうに滾った。

瀬野にのしかかられ、両方の乳首を執拗に責め嬲れながら、キスをされる。鈴原は必死にキスに応え、滾る下半身を瀬野に押しつけようと腰を動かした。

「まだ、だめ。あの人、本当に乳首を舐めるだけだったの？　聡太郎さんの、この綺麗な体とか、可愛いちんことか、ぷるぷるの玉には目もくれなかった？」

「あ、ぁっ、たまに……っ、扱き合ったりしたけど、でも、あいつ、ずっと乳首だけで、俺っ、オモチャ使われて……腹立って……っ」

面白いものがあると、乳首にローターを押し当てられ、びっくりして逃げたことがあった。

それ以来、そういうグッズを使おうと思ったことはない。

「俺も、そのうちオモチャ使うかも。でも二人で気持ちよくなろうね？　聡太郎さんだけに恥ずかしいことさせないから」

「んっ、それなら……、お前にだったら、俺、も、何されてもいいんだ……ずっと片思いで行こうと、そう思ってたから……」

何をされてもいいだなんて、そんな恥ずかしい言葉が鈴原の口から聞けるとは思わなかった。

瀬野が瞬きをして、少し驚いた顔で見下ろしている。恥ずかしい、引かれてしまった。

「わ、悪い……こんなこと言われても、困るよな。ほんと……済まない」

「何言ってんだよ！　こんないやらしい恰好でさっ！　俺には何されてもいいだなんてっ！　なんてエロいんだよ！　聡太郎さん可愛すぎるよ！　いっぱい恥ずかしいことしてあげるからね？　泣きながら善がって……」

瀬野の声が上擦って、興奮しているのが分かる。綺麗で可愛くて、自分の気持ちが追いつかないほど愛しい。

「して、してくれ……っ、俺……っ、ぁ、んんっ、あっ、そんな、そこ……っ、いいっ」

ベルトを外され、下着ごと乱暴に脱がされる。

足を大きく広げられたと思ったら、瀬野の舌で乳首や脇腹を舐められた。

舌先を使いながら体のラインをなぞっている。両手は脇腹から脇の下までをくすぐるように指先が動いて、鈴原は自分の手で顔を覆いながらあられもない声を上げた。

「ふ、ァッ、んんっ、は、ひっ、そこっ、ああだめっ、そんなっ、いや、だめ、だめっ、あっ、あーあーあーっ！」

瀬野の舌はヘソをくすぐるように舐め、唇は何度も下腹に吸い付いてキスマークを付ける。

さわさわと脇腹や脇の下を弄り回していた指先は、気がついたら両方とも尻に回されていた。

「いきなり入れたりしないから」

瀬野はジャケットからコンドームを取り出して、封を切って自分の指にはめた。それに、携帯用のローションを少し垂らす。

「左足、俺の肩に乗せて」

言われた通りに足を上げて、瀬野の左肩に載せた。

「ふっ」

後孔に、コンドームで包まれた指が押し当てられる。

そこからはもう、鈴原は声を出すことしかできなかった。二本の指とローションで、肉壁がとろとろに柔らかくなるまで丁寧にほぐされる。

「初めてなのに、中に指を入れられてこんなに感じるなんて、凄く可愛い」

「やっ、も……っ、辛い……っ、修弥、辛い……っ」

腹につくほど硬く勃起した陰茎から、先走りが溢れ出て下腹を濡らし、今は内股まで滴《したた》っている。

「うん。俺も、もう我慢してるの辛い。もういい？」

「遠慮しないで、ほら……修弥。俺、恋人と……繋がりたい……っ」

「聡太郎、愛してる」

瀬野に腰を掬い上げられて、そのまま、彼の陰茎を後孔に受け入れる。

すっかり柔らかくなったと言っても、初めての行為で息が上がる。

「修弥……っ」

「大丈夫少しだけ、体の力を抜いて……」

「はっ、ぅうっ、んん」

「ゆっくり、動くから」

「あ、中に、入ってるのが……わかる」

鈴原は下腹を押さえて、「ここらへん？」と瀬野を見上げた。

途端に、瀬野が今にも泣きそうに顔を歪《ゆが》めた。

「どうした？」

「ん。聡太郎が凄く愛しくて、だから……泣けてきた……」

ポロボロと涙が零れて頬に落ちる。

「また泣く。お前はいつからそんな泣き虫になった？」

「は、恥ずかしい……もっと俺、大人になるから。これからはもっと……」

瀬野の瞳が涙で濡れて宝石のように光っている。

この宝石は、今はもう俺のものだ。俺だけのものだ。大好き、大好きだよ……。ずっと我慢させて、ごめんな。

「いいよ、今のままで。可愛い、修弥」

「……もっと、奥まで、入っていい？　入るよ。ん、ゆっくり。聡太郎の中、熱くて、俺を締め付けて、気持ちがいい」

「ばか……っ、そんな感想、いらないよ」

「俺たち、今ここで繋がってる。聡太郎と恋人同士になれた証拠だ」

「あ……」

「これから覚悟しろよ？　俺は生涯離さない。毎日愛して、とろとろにして、ずっと一緒だ。何があっても離さない。だから聡太郎は、俺に毎日愛してるって言って」

鈴原に負担をかけないように、瀬野がゆっくりと腰をつかう。

「はふ、は……っ、もっと、乱暴にしていい。その方が、俺も、きもちよく、なる……っ」

「分かった」

初めて誰かに抱かれて、それが何年も片思いをしていた相手で、しかも「ずっと傍にいる」なんて囁いてくれて、一生の運を使い切ったような気がする。

「は、あっ、なんかっ、そこ、変っ」

「ここ、前立腺、かな」

「そこ、だめっ、イくっ、イくからっ、俺っ、ああっ、中、気持ちいいっ、修弥、もっ、俺っ、ああぁっ！　あっ、あっ、あっ」

自分の甘ったるい喘ぎ声と、瀬野の興奮した荒い息が混ざり合って、それにたまらなく興奮する。

綺麗で可愛いと頭を撫でてやっていた少年は、気がついたら自分を組み倒して快感を貪る男になっていて、快感を引きずり出されて新たな世界を見せられる。

瀬野の両手で胸を揉まれ、乳首が腫れるほど弄くり回されながら、何度も突き上げられて泣き善がる。自分が教師だと思い出せないくらい、瀬野に責め立てられて感じてしまう。

「俺っ、イくっ、イくからっ！　もっ、乳首だめっ、そんなっ、一度にいっぱいっ、俺、もう出ちゃう……っ！」

半勃ちの陰茎からとろとろと精液が溢れ、体が勝手にビクビクと痙攣《けいれん》する。それと同時に、体の中で瀬野が射精したのが分かった。

鈴原は、初めてなのに中で達した自分に激しい羞恥を覚えつつも、体の中が瀬野の精液で満たされた喜びに浸る。

「は……っ、凄い……よかった。こんな凄い、気持ちいいセックス……俺……」

まさに運動したという汗を流しながら、瀬野が息を吐く。

「そんなによかったなら、もっとやる。な？　ほら、お前も……脱げよ」

鈴原は両手を伸ばして瀬野のネクタイとワイシャツのボタンを外す。彼はされるままで、嬉しそうに微笑んだ。

「そうだね。今度は、突っ込んだまま動かないでさ、乳首だけ弄って、それでイッてみる？　聡太郎が自分で腰を振るんだ。気持ちいいって善がりながら。ね？　そういう恥ずかしい姿、見せて」

「ん。見せる。お前にだけ、見せるよ。乳首で何度もイきたい。だから……早く、俺を」

鈴原は瀬野にしがみついて、彼の耳元で「抱いてくれ」と囁いた。

合唱部の歌が聞こえて来る。

体育館の窓を全開にしているのだろう。いい声だ。

瀬野は、ワイシャツを羽織っただけの鈴原を強く抱き締めたまま、吹奏楽部の演奏と合唱部の歌に聴き入る。

「小学生の頃の歌……かな」

なんとなく懐かしい。

そういえばテーマは「プチレトロ」だった。

「五人グループのアイドルの歌、だろ？　俺は中学生だったな……」

鈴原が瀬野の肩に頭を乗せたまま、掠れた声で言う。

ああそうだ。年齢差があった。

絶対に埋まらない年齢差ではあるけれど、そのお陰で「年上なのに年下の俺にそんなことされて感じちゃうのプレイ」や「教師なのに生徒に弄られてプレイ」で鈴原を責められるから問題ない。いや最高だ。鈴原が可愛い声を上げて腰を振るところなんて、今度動画に撮っておこうと決意させるほどいやらしい。

「起こしちゃった？　ごめん」

「いや、そろそろ起きないとだめだろう。喫茶の後かたづけもある」

そうは言うが、鈴原は少しも動けてない。

「俺が無理させてしまったので、喫茶の後かたづけは俺が出る。教師二人分ぐらい働くから気にしないで」

抱いてくれと煽られて、あれから二回も繋がった。

瀬野は、初めての鈴原を労《いたわ》りきれずに、自分の欲望に素直になってしまったのだ。

こんなことはセックスを覚えてから初めてで、瀬野は心の中では結構焦っていた。

気持ち良すぎて自分を制御できなかったが、鈴原もタガが外れて凄いことになっていたので気にするのはやめる。

「まあ、気にすんなよ。俺が、その……したいって言ったんだから。だめだな。こんなに腰がガクガクしてるのに、嬉しい気持ちが強くて」

　可愛い。凄く可愛い。

　一生離さずに傍にいたいと、再認識した。

「聡太郎がそんなことを言うから、俺は……自分が抑えきれなくなるんだよ。もっと自重して。乳首だけで何回イッたと思ってんだよ。プルプルの可愛い乳首でさ。俺が甘噛みしただけで可愛い声を上げてイッたよな？　あと、玉も一緒に弄ったらよすぎてお漏らししちゃったよな？　めっちゃエロ顔で滾った。……それと、その気だるいエロ顔を他の生徒に見せたくないから、もう少しここにいる」

「……お、おい」

　鈴原がもじもじと腰を動かし、両手を足の間に挟んだ。

「もしかして、今、俺の言葉にちょっと興奮した？　だったら、最後にもう一度、聡太郎をとろとろにしてやってもいいけど？」

「は……っ、俺、もう、淫乱でいい。修弥に、とろとろにしてほしい。も、だめ」

　泣きそうな声でおねだりされた瀬野は、和久井や吉竹からの連絡をことごとく無視して、鈴原と二人でとろとろになった。

　せっかく両思いになったのだから、この記念すべき日をめいっぱい堪能したかった。

鈴原からすべてを聞いていた高見は、「君たちにとっては、それが一番自然な在《あ》り方なんだろうね」と言って頷いた。

「何か問題があったら、すぐに相談してくれ」と言ってくれたのが嬉しかった。

鈴原はお言葉に甘えて何度か相談したが、高見は「それはノロケだと思うんだけど」と言いながらも、自分の相談に乗ってくれた。

瀬野には内緒だったが、妙に勘の鋭い彼は、なにかと高見から聞き出していたようだ。その証拠に、高見に相談した翌日には、いつも瀬野に「俺が子供でごめん」と謝られた。

高見が「青春っていいね」とうっとりする横で、鈴原はよく赤面したものだ。

それでも、誰かに相談できるというのはありがたい。

高見は瀬野が卒業を迎えたときに「これで晴れて、ただの恋人同士だ」と言ってくれた。そのたわいもない言葉が胸にズシンと響いて、鈴原はつい涙ぐんでしまった。

そうだな。俺たちはこれで、「ただの恋人同士」になる。

「はい。そこからまた、始めますよ。俺たち」

今度は自信たっぷりの笑顔で答えた。

そして、晴れて両思いになったのは瀬野と鈴原だけではなかった。

和久井も、山桜祭で出会った女子高生と交際を続け、なんと、仲良く同じ志望大に合格した。

吉竹はと言うとクリスマスも年末年始にも出会いがないまま、今度は「大学で彼女を見つける」と気合いを入れている。


卒業式を終えて、三年間住んだ寮を退寮し、新しい世界へと一歩足を踏み入れる。

瀬野は、大学通学のために実家から離れ、ワンルームのマンションに引っ越した。すぐ傍に、スーパーとコンビニ、二十四時間パーキングがあって何かと便利だ。

「さて、と……」

大学生になって初めての休みの日。瀬野は鈴原と待ち合わせをしている場所に向かった。

昨日の夜には和久井と吉竹からメールがあり「頑張れ」を始めとする激励文が並べられていた。

和久井とは大学が違うが、きっとこの先もいい友情を築けそうだ。ちなみに吉竹と瀬野は同じ大学に入学して現在進行でつるんでいるが、彼のマンションとは少し離れている。

瀬野はジャケットにシャツ、スリムパンツに伊達眼鏡を合わせた恰好で、駅ビル横のカフェに入る。

鈴原とはここで待ち合わせをしていた。

そう言えば、聡太郎のちゃんとした私服姿を見るのは初めてかもしれない。いや初めてだろう。スーツ以外だとジャージ姿しか見たことがない。

心臓がバクバクする。会った瞬間「可愛い」と言ったら、頬を引っ張られそうだ。

そういう子供扱いは勘弁してもらいたいなんてことを思いながら、鈴原の姿を探すと、窓側の一番隅のスツールに腰を下ろしていた。

ざっくりとした淡いグレーの綿セーターに、スリムパンツにローファー。髪は無造作に後ろに流していて、ずいぶん若く見える。今年で二十七歳になるのに、下手をしたら二十歳でも通用しそうだ。やっぱり可愛い。

「聡太郎」

名前を呼んで手を振ると、気づいてくれて小さく手を振り返してくれる。

本日のコーヒーなら注文してすぐ出てくるのでそれを頼み、カウンターでミルクやハチミツ、シナモンを加えてカスタマイズする。うん、いい香りだし美味しい。

背後から「瀬野君じゃない?」「修弥君カッコイイ」という声が聞こえてくるが、みな瀬野のプライベートを考えてくれて、近寄っては来ない。ありがたい。

「遅くてごめん。映画まだ時間あるよね？」

「余裕余裕。俺が勝手に早く着いただけだから、気にすんなよ」

「う……っ、可愛い」

言ってしまった。

案の定瀬野は、鈴原に右頬をむにゅりと摘まれる。

「大学はどうだ？　慣れたか？」

「んー……まあまあ。でも、面白い。俺、三年になったら休学して、海外の演劇学校で演劇の勉強するって決めた。事務所も、向こうでの仕事を入れてくれるって。俺、頑張ってみるわ」

「凄いな。その話はもう誰かにしたのか？　和久井とか吉竹とか」

「してないよ。こんな大事な話、一番先にするのは恋人の聡太郎に決まってる」

すると鈴原は目尻をふわりと朱に染めて「そうか、ありがとう」と言った。

「で、ここから先が問題なんだけど、アメリカと英国のどっちがいいと思う？　演劇学校。これ、聡太郎に決めてほしい」

「俺が？　そんなのアメリカって言うに決まってる。お前はハリウッドで輝く男なんだから」

「うん、そう言うと思った。一緒にレッドカーペットを歩こう」

「おう。……でも、ちょっと寂しくなるな」

「だよね。聡太郎は淫乱ちゃんだし。めちゃくちゃエロいし。長く独り寝をさせておけないから、そこら辺は二人で考えよう。俺が海外に行くまで二年ぐらいある」

「そうだな。…………ああ、そう言えば今年の春、マリリンがウリ坊を連れて校庭を歩いていてな、可愛かったぞウリ坊が」

鈴原はそう言って、携帯電話の画像を瀬野に見せる。

確かにウリ坊は可愛い。だがウリ坊よりも鈴原の方がもっと可愛い。

「こんなところでだけど、でも、こんなところだからこそいいのかもしれない。俺は大学生になったよ聡太郎」

「ああ」

「今更感が満載だけど、もう一度言う。俺と付き合ってください。一生大事にします。もう、教師と生徒じゃない」

そっと、囁くように瀬野が言った。

とっくに恋人同士にはなっているけれど、最初に鈴原が求めていた関係の作り方は「こっち」だ。

彼は温《ぬる》くなったカフェラテを一口飲むと、瀬野をじっと見つめる。

「聡太郎……さん」

「俺と付き合ってくれよ、修弥」

鈴原は真顔で言った後照れ笑いを浮かべ、首まで赤くする。可愛い。どうしよう。いますぐ押し倒したいくらい可愛い。

「映画、そろそろ」

瀬野は持っていたコーヒーを一口飲んで、鈴原のトレイに載せた。

「お前、これ勿体ない。一口しか飲んでない」

「いい。早く映画館に行きたい。暗いところに行きたい。そこでさ」

鈴原の耳元に唇を寄せて「エロいいたずらいっぱいさせて」と囁く。

「お前、な！」

「ははっ。今夜は俺んちに泊まるよね？」

「当たり前だ！」

先月まで教師だった恋人が、今夜、生徒だった恋人の家に泊まる。

きっとめくるめく夜になる。

あとがき

はじめまして&こんにちは。高月まつりです。

学園物というか、生徒×教師楽しかったです！

めちゃくちゃ楽しく書かせていただきました！　一度書いてみたかった、山の中の学校。

可愛かったり美しかったり、むしろ自分を「僕」と言ったらそのキャラは私の中で攻め認定という謎の法則があるのですが、今回主役の修弥君だけでなく、いつも一緒につるんでる可愛い同級生の吉竹君も、私の中ではガッツリ攻めです。

和久井君はノーマルってことで。


今回のお話では、「乳首が弱い受け」と「ご飯」に力を入れました。

乳首はいい。夢がある。乳首に絆創膏……とても素敵。

絆創膏って、今は細い幅から太い幅まで揃っていて、ドラッグストアで見たときに「揃ってるなあ」と感心しました。

こんなにサイズがあるなら大丈夫じゃないか……と、何がどう大丈夫なのか不明なまま、大丈夫と思った記憶があります。

それにしても乳首は楽しい。

乳首マスター目指して、これからも頑張って行きたいと思います。

そしてご飯。

今回、先生たちも独身教師は寮住まいにしたので、先生ご飯で頑張っていただきました。

ぎょうざ作りの躍動感というか、書いてる時にぎょうざが食べたくて仕方がなかったんです。

あの作り方は、私が以前習った作り方なので、人によっては「うちはこう作りますよー」というものがあると思います。

手作りは各家庭ごとにレシピが違ったりしますもんね。

そして私は、あのシーンを書き上げたあとに、冷凍ぎょうざですが焼いて食べました。

ビールと一緒に。

ビールとぎょうざって……なんであんなに合うんでしょうね。

最高に美味しかったです！　でも食べたのは深夜でした。カロリーがヤバイ。

他にもっといろんな食べものを出したいなと思ったのですが、それじゃ本来の修弥君と先生のイチャイチャ話ではなくなってしまうので我慢しました。

私自身、寮食も学食も社食のすべてを体験しましたが、社会人になってからの救世主的存在の社食（安くて美味しかった）が、一番印象に残っています。お金大事ですホント（笑）。
プラスチックの茶碗で飲む薄いお茶が、なんだか妙に美味しかった思い出。

イラストを描いてくださったこうじま奈月さん、本当にありがとうございました！
修弥君は恰好良いし、格好いいのに修弥君には弱い鈴原先生が可愛かったです。先生の文化祭のコスプレも素敵でした〜。本当にありがとうございました。

それでは、次回作でまたお会いできれば幸いです。

こんにちは
こうじま奈月です。
ちくびに 絆創膏が 貼ってあるのが
ツボでした♥ 私にとって 絆創膏は
萌アイテム なので ♥♥♥ ありがとう
ございました！
NADUKI KOUJIMA

教育係のくせにセクハラすんなっ!!
シリーズ1冊目!
オマケの王子様♡
The Prince of Accessory
平凡な日本の大学生だった理央は、ある事情で突然ヨーロッパ小国の皇太子に!! だが、王位継承者は姉で、理央はオマケだった! そんな理央の教育係のルシエルは、玲瓏とした美青年。だが、ルシエルは厳しく意地悪で何を考えているのかわからない! そのくせ理央にキスどころかHまで…ッ!!
ルシエルに与えられる甘い刺激に理央は抗いきれるのかっ!?

初出一覧

生徒に求愛されてます♥……………………… 書き下ろし
あとがき………………………………………… 書き下ろし

ダリア文庫をお買い上げいただきましてありがとうございます。
この本を読んでのご意見・ご感想・ファンレターをお待ちしております。

〒170-0013　東京都豊島区東池袋3-22-17　東池袋セントラルプレイス5F
(株)フロンティアワークス　ダリア編集部
感想係、または「髙月まつり先生」「こうじま奈月先生」係

この本のアンケートはコチラ!
http://www.fwinc.jp/daria/enq/
※アクセスの際にはパケット通信料が発生致します。

生徒に求愛されてます♥

2017年　12月20日　第一刷発行

著　者
髙月まつり
©MATSURI KOUZUKI 2017

発行者
辻 政英

発行所
株式会社フロンティアワークス
〒170-0013 東京都豊島区東池袋3-22-17
東池袋セントラルプレイス5F
営業　TEL 03-5957-1030
編集　TEL 03-5957-1044
http://www.fwinc.jp/daria/

印刷所
中央精版印刷株式会社